C000128683

Philippe Sollers

# Studio

Gallimard

Philippe Sollers est né à Bordeaux. Il fonde, en 1960, la revue et la collection «Tel quel»; puis, en 1983, la revue et la collection «L'Infini». Il a notamment publié les romans et les essais suivants : *Paradis, Femmes, Portrait du Joueur, Le Cœur absolu, La Fête à Venise, Le Secret, La Guerre du Goût, Le Cavalier du Louvre, Casanova l'admirable.*

« J'ai fait la magique étude
Du bonheur, qu'aucun n'élude. »

RIMBAUD

J'ai rarement été aussi seul. Mais j'aime ça. Et de plus en plus. Hier, après avoir traversé la ville en tous sens, j'ai arrêté la voiture sur les quais, j'ai marché une heure dans le froid au bord du fleuve, je suis repassé vite par les deux parcs principaux, et retour en fin d'après-midi sur mon lit, sommeil immédiat, facile, je m'endors, c'est vrai, où je veux, quand je veux.

Le plus souvent, je me relève au début de la nuit, je sors, je rentre un moment dans les cafés ou les anciens bars, j'enregistre leurs attitudes, leurs poids, leurs silences. Je ne cherche rien, je n'espère rien, je ne tiens à voir personne, et d'ailleurs ceux que je pourrais rencontrer sont, pour la plupart, morts ou absents. Je viens d'arriver, je vais rester ici un ou deux ans, rien ne me contraint, rien ne me presse. La société m'a oublié ou m'ignore. J'ai tout mon temps.

Mon studio est bien situé. Ni trop éloigné ni trop proche du centre, il est au cinquième étage d'une grande cour où poussent deux érables et un marronnier dont je n'ai pas encore vu les feuilles. Il y a aussi, dans un coin, du lierre, des fusains, des lilas, trois rosiers sauvages en attente. Deux entrées, deux sorties, l'une donnant sur une rue presque toujours déserte, l'autre sur un carrefour largement ouvert. En cas de surprise, donc, éclipse rapide. Mais je peux aussi me perdre tout de suite, en face, dans le grand jardin, ses allées, ses chemins, ses aires de repos, ses courbes. La géométrie est un luxe que d'autres, le plus souvent obscurs, architectes, dessinateurs, botanistes, philosophes du plein air sensible, ont eu la délicatesse de penser pour vous. Ce pavillon, par exemple, rose et cubique, qui a eu l'idée de le poser là, dans cet angle ? Il semble abandonné, mais on pourrait croire que des fantômes calmes l'habitent, qu'ils ont tiré sur eux les volets dans l'attente de jours meilleurs. Il y a aussi des serres miroitant à travers les arbres, des bassins, des balustrades, des ruches, une ruine moussue entre deux statues. Je repense à l'avion, il y a deux mois, descendant du beau temps hyper-glacial, à dix mille mètres, se posant sèchement sur la piste humide, provoquant sur les prairies, à gauche, un envol massif de corbeaux.

Huit heures : c'est le moment des coureurs, des coureuses. Ils s'agitent, soufflent, transpirent, ils sont contents d'eux comme s'ils jouaient dans un film, leurs survêtements bleus ou gris composent un ballet gratuit autour des pelouses. Certains me saluent sans me connaître comme pour me remercier de les voir. Attention ? Non. Un groupe de filles, riantes et rouges, me lance : « Alors on vient avec nous ? » Je m'arrête, je m'assois un instant sur un des bancs, j'allume une cigarette, je regarde les hautes grilles noires sous le disque blanc du soleil (ce doit être comme ça que Jean s'est fait cueillir à Zurich, on l'a trouvé crâne éclaté, corps basculé en avant dans l'herbe).

Le garage est à cent mètres, la brasserie à deux cents. Le restaurant ferme tard, vers deux heures, ce qui me permet de dîner après minuit, parmi les derniers clients lourds, un peu ivres. Les serveurs se sont habitués à ma présence répétitive. Nina, la fille du vestiaire, une petite blonde enveloppée et douce, est vite devenue une amie. Sauf avec elle, je ne parle pas. J'emporte un livre avec moi, je lis ou je fais semblant. Mon travail, pour une fois n'est pas fatigant, interventions ponctuelles, actions prévisibles, classiques. En réalité, à part le chaos meurtrier global et son bruitage incessant, il ne se passe rien, ou presque. Je sens que les jours, maintenant, vont prendre enfin leur forme et leur signification complètes. Au fond, je suis là pour ça. C'est mon plan.

Un de mes rares visiteurs est Arnaud, dont les cours ont lieu près de chez moi. Il vient, chaque fois, avec les papiers de son père, un ami qui s'est suicidé il y a cinq ans pendant mes voyages. Il est grand, timide, dur. Il ressemble à sa mère, Isabelle, l'actrice, qui vit maintenant à Londres. «Après la mort de Papa, elle s'est mise à jouer au golf. — Au golf? — Oui, c'est tout à coup devenu une manie.»

On trie ensemble les notes, les carnets, la correspondance de Guillaume. Le père d'Arnaud a décidément beaucoup écrit. Trop? Ce n'est pas mon avis. Un bon écrivain est bon partout, et Guillaume était un excellent écrivain. Arnaud me laisse juge.

Il s'installe devant moi, sérieux, occupé par son existence, très loin de ce que peuvent révéler les spéculations ou les obsessions de son père, pour lequel il paraît garder une sorte d'attachement têtu, minéral. «Maman ne s'intéressait pas à ce qu'il écrivait. — Vraiment? — Non, c'était

14

même parfois pénible. — Vous voulez dire qu'il en souffrait ? — Je ne crois pas. — Alors ? — Un contrat entre eux, je suppose. — Il s'intéressait à sa carrière à elle, à ses films ? — De moins en moins. — Il n'a pas voulu vivre avec quelqu'un d'autre après son départ ? — Oh non. »

J'aime bien son « Oh non », mais il est sans doute naïf et fragile. Revenons aux papiers.

— L'été 89 ?

— Il est en Italie.

— Il a l'air plutôt sombre.

— Maman est particulièrement déprimée cette année-là.

— C'est le moment où il publie *Passion* ?

— Ce doit être ça, oui. Le livre a été très critiqué.

— Vous étiez avec lui quand il a eu son accident ?

— Oui, près de Rome. C'est après qu'il a commencé à se détacher de tout.


Mon autre visiteur intermittent est Vincent, le pianiste, qui, comme moi, se retrouve souvent hors de France. Vincent est le fils d'un premier mariage de ma deuxième femme, Alix. On s'est peu vus du temps de ma vie avec sa mère, mais on est devenus plutôt amis par la suite. On ne

15

parle d'Alix que pour des informations de surface. J'apprends ainsi qu'elle est ici ou là, quand je la croyais là ou ici. En ce moment, donc, elle est à Stockholm. « Est-ce qu'elle s'est mise à jouer au golf ? — Non, je ne crois pas, pourquoi me demandes-tu ça ? — Pour rien, pour rien. — Tu viendras à mon concert ? — Bien sûr, tu joueras quoi ? — Liszt, les *Études d'exécution transcendante*, tu aimes ? — Beaucoup. »

Il est petit, vif et châtain, Vincent. Tout entier dans ses poignets et ses mains, le corps rentré, souple. Il aurait probablement fait un bon tireur. Un bon agent ? Non, trop instinctif. Et Arnaud trop repérable à cause de sa raideur.

Ces deux-là ne se connaissent pas, ils ont à peu près le même âge, vingt et un et vingt-deux ans. Ils ne se ressemblent pas et ils se ressemblent. Discrets, ils marquent aussi peu que possible la différence entre nous. Leurs mères, et la vie qu'elles mènent, n'ont pas l'air de planer très haut dans leur imagination. La politique, la planète, la misère, les épidémies, les massacres, la morale, les filles ? Vof. La musique pour Vincent, devenir avocat pour Arnaud. Au fait, Guillaume n'utilisait pas d'ordinateur ? « Non, non, tout à la main, et ensuite lui-même avec sa vieille machine, tac-tac, il prétendait qu'il avait besoin de ce bruit. Comme vous, non ? — Vous avez lu ses livres ? — Deux ou trois, c'est spécial.

— Si on aime la littérature, pas vraiment. — Je lirai tout plus tard. »

Pas sûr.

Nina vient chez moi une fois par semaine, après son travail. Elle arrive vers deux heures et demie du matin, elle prend un bain, se refait une beauté pour être bien femme. On boit un peu de champagne, on fait l'amour. Elle me parle de sa clientèle, les Américains, les Allemands, les Japonais, ceux qui sont radins, ceux qui le sont moins. Et les Français ? Ah, les Français, s'il n'y avait qu'eux, mon cher monsieur, on ne s'en sortirait pas. Et leurs femmes, les plus vicieuses, les plus emmerdeuses. Mon mari et moi, on ne s'entendait pas, heureusement j'ai ma fille, trois ans, adorable. Et vous, vous êtes journaliste, radio, télé, c'est pour ça que vous vous couchez si tard ? Comment elle est votre amie à l'étranger ? Elle ne vient jamais vous voir ? Vous l'aimez ? Vous n'allez pas vous marier avec elle ? Vous avez déjà été marié ? Deux fois ? Pas d'enfants ? Ça ne vous manque pas ? Vous ne vous ennuyez pas, comme ça, tout seul ? Ah oui, chéri, viens, encore. Tu sais que tu vas me faire jouir, salaud.

Il fait très froid, le vent souffle. Je pousse le bureau d'acajou contre la fenêtre. Le catalogue des ventes des grands magasins l'appelle un *Flaubert*. Ça ne s'invente pas, sauf dans le discours publicitaire. Dans un de ses carnets, Guillaume a justement noté une phrase de Flaubert : « Plus de cris, plus de convulsions, rien que la fixité d'un regard pensif. » Tiens, il en est venu là, comme moi.

C'est dimanche. Aucun bruit. Le petit hôtel particulier, dans la cour, à droite, est désert. Où sont les propriétaires ? Dans le Sud ? Je pense à Marion qui doit être en train de fermer la maison, là-bas, dans l'odeur des pins. Elle a mis son blouson bleu, sa casquette de velours, ses bottes. Elle marche une dernière fois dans les allées sablées, elle ramasse une branche de pin, elle la casse. « Tu crois que Jean était tombé sur quelque chose ? — Quoi d'autre ? — Ça n'en finira jamais ? — Jamais. »

Stein, dans son bureau, à mon arrivée :
— Vous avez pris l'avion de nuit ?
— Tranquille.
— Le studio vous va ?
— Parfait.

18

— Marion va rester quelque temps à New York. Dispositif habituel. Des questions?

— Aucune.

— Qu'est-ce que vous pensez de Zurich?

— La dernière fois que j'ai vu Jean, il n'avait pas l'air inquiet. Mais c'est loin.

— Vous avez eu des placards personnels avec la Momie?

— Non, mais mon dossier n'est pas bon.

— Je sais.

À cet instant, Stein ne me voit plus, il m'oublie. Il a tenu et manipulé la Momie jusqu'à sa mort à cause de son passé, il n'a pas l'intention de m'expliquer à quoi cela a abouti dans la dernière période. Il n'est d'ailleurs pas le seul sur le coup, le roman, après plus d'un demi-siècle (ou deux mille ans, c'est pareil), continue.

La Momie a pu faire semblant de mourir, par définition il est immortel. Peu d'observateurs ont deviné que c'était une fausse femme prostatiquement incarnée en homme. Comme d'habitude, on est en plein bordel étatico-financier et métaphysique, mais la règle est de n'en parler qu'à demi-mot, sans franchir les lignes. Tant mieux : je préfère ne pas avoir à m'occuper de ce qui est arrivé à Jean, plus de souterrains, de pyramides, de sphinx, de Proche-Orient, d'Orient.

Stein se lève, il cherche quelque chose à dire.

19

— Qu'est-ce que vous lisez en ce moment?
— Rimbaud.
— Rimbaud?

Il hausse les sourcils, il sourit. Il vient de se souvenir que «Rimbaud» était le nom de code choisi par moi pour une opération, il y a huit ans, en Italie. Ça m'amuse de penser qu'il a dû se demander, de temps en temps, ce qu'au fond ce «Rimbaud» voulait dire. Je tâte, dans ma poche gauche, le petit volume fatigué d'*Une saison en enfer* et des *Illuminations*. Il est là, il a traversé l'océan.

— À bientôt.
— À bientôt.

Autrement dit : silence, ne vous mêlez pas de la Suisse.

La volonté est un monde à part. Pour être sûr d'elle, de sa continuité, de sa veille constante et fermée, il faut aller la chercher loin en soi, dans l'enfance et ses expériences les plus troubles, dans l'humiliation et le noir.

Nous sommes élevés dans une fausse volonté. La vie clandestine la durcit, l'exagère, mais elle ouvre en même temps sur un pays parallèle, fuyant par-dessous. Si les gens du métier pouvaient écrire leurs Mémoires, on verrait sans doute que toute une existence précise, minutieuse, libère, en retrait, des hémorragies de souvenirs gratuits, à côté desquels l'imagination de la plupart des écrivains paraîtrait étroite, mesquine. Seulement, voilà : les professionnels se taisent, ils agissent, ils ont des aventures entre eux, brèves, violentes, ou, au contraire, sinueuses et lentes, ils changent d'identité et de lieu comme sur un échiquier dont les lois peuvent varier d'un moment à l'autre. Trop de choses à dire, donc carré blanc, trou blanc.

Et pourtant, combien de voyages inattendus, de calculs, d'approches, de replis, sur fond de paysages pour rien, de visages tendus, de discours empruntés, de complicités interrompues, de trahisons parfois inutiles, de morts mal morts, de détails actifs, dont la littérature ou le cinéma ne disent rien, ou si peu. Les acteurs permanents de la communication en savent maintenant davantage, ce sont eux qui sont devenus les fonctionnaires de cette nouvelle substance en expansion. Marionnettes ? Salariés de l'intoxication d'opinion ? Oui, sans doute, mais aussi virtuoses de l'allusion, bateleurs du non-dit, violence et écume rongeante. Si les uns doivent de temps en temps éliminer les corps, les autres se chargent d'occuper les cerveaux.

Comment les vrais agents sont-ils recrutés ? À l'écoute. Le meilleur joueur n'est pas forcément le plus technique, que ce soit en musique ou dans le renseignement diagonal. S'il y a encore des romanciers dans l'avenir, ils viendront de là. Vous voulez dire qu'il n'y en aura plus ? Probable, et, de toute façon, même s'il n'en reste que deux ou trois, on vous dira qu'ils ne racontent rien de sérieux ni de vrai, et que, finalement, ils n'existent pas. L'important, pour la nouvelle société de surveillance, est de coloniser les systèmes nerveux, de les bourrer d'informations aussi dépourvues de pensée que le sexe, désormais, le sera de désir réel. On y est arrivé. Des employés puritains et comptables font imaginer par des employés chastes, déprimés et comptables, des scénarios sirupeux, brutaux, bestiaux, sentimentaux. Hypnotiser et paralyser le temps, tel est le but de leurs travaux agités, où pullulent désormais, comme par hasard, les métamorphoses, les anamorphoses. Des légions de bureaucrates sont ainsi de plus en plus biologiquement adaptés à une hallucination décousue constante.

Le sujet que j'ai à traiter, en revanche, est tissé d'opérations cachées, détournées, justifiées seulement après coup. Aucun «Je veux» ne les représente, aucun appareil ne les capte. Elles sont à la fois compliquées et évidentes, le plus souvent méconnues, tordues. Elles paraissent n'avoir aucun sens. Elles sont guidées, cependant, elles insistent. Je ne vais quand même pas employer le mot «destin», mais tant pis, c'est fait. Pourquoi celui-là ou celle-là a-t-il ou a-t-elle finalement deviné et compris au-delà de l'instinct, et pas celui-là ou celle-là? Destin. Pourquoi cette rencontre, ce choc, cet accident, cette chance? Destin. Qu'est-ce qu'une vérité sensible qui vous poursuit, ne sert à rien, ne vaut rien, se présente juste en éclair illuminant tout à coup la nuit? Destin.

Pendant ce temps, des centaines d'experts dépensent un argent fou et passent des heures de fièvre à scruter des papyrus vieux de deux mille ans trouvés dans des grottes; des propagandistes, saturant les ondes, inventent, à travers des millions de dollars, des feuilletons à dormir debout. Lambeaux de signes d'un côté; satellites et autoroutes de données de l'autre. On se bat pour l'interprétation de deux lignes obscures tracées sur les bords de la mer Morte. Questions : le personnage central a-t-il existé ou a-t-il été seulement pressenti, annoncé? Y a-t-il eu incarnation et révélation, ou bien complot, montage, falsification? Si quelqu'un a trouvé un jour le mot de l'énigme, ne l'a-t-il pas gardé pour lui au lieu de le publier? Le cas ne s'est-il pas déjà produit plusieurs fois sans que personne le sache? Y a-t-il un Livre saint, oui ou non? Si oui, pas la peine d'en écrire d'autres. Si non, tous les livres se valent et sont nuls. Notre époque, d'ailleurs, a résolu le problème : la réponse sera oui *et* non. Il y a un texte fonda-

24

mental et les autres ne servent qu'à le démontrer, y compris par la négative. Des tonnes de
papier peuvent donc ainsi s'imprimer, se
vendre, s'effacer.

Marion :
— Qu'est-ce que tu vas faire ? Écrire ?
— Quoi d'autre ?
Stein :
— Vous écrivez en ce moment ?
— Un peu.
— Pas sur la période récente ?
— Mais non.
(Sacré Stein : comme si ce n'était pas, de toute
façon, *la même chose*.)


Guillaume y revient souvent dans ses notes :
moins ils lisent, moins ils en sont capables, et
plus leur attitude devient contradictoire. Ils
détestent l'écriture, et elle les attire ; ils la mépri-
sent et elle les fascine. Ils ont de plus en plus
peur qu'elle soit vraie.
Arnaud, l'autre jour, m'a demandé ce que
cela voulait dire. J'ai pu ainsi constater qu'il
déchiffrait les mots et les phrases, mais pas leur
sens. Il me regardait gentiment, sans agressivité,
avec un sincère désir de comprendre. Il m'a

ensuite tendu, presque avec un haussement d'épaules, un dossier où Guillaume parle de son enfance à Paris. Mais que peut être l'enfance d'un père pour son fils ? Une usurpation, je suppose, une forme d'immaturité ou de narcissisme. Un père, c'est la sécurité, l'argent, l'autorité, une fonction sacrificielle en faveur de la jeunesse ou de l'éternel féminin. Mères et enfants ne sont-ils pas là pour recommencer, en mieux, l'aventure de l'existence ? La société tout entière ne les pousse-t-elle pas dans ce sens ? Qu'est-ce qu'un homme, de ce point de vue, sinon un jeton remplaçable ? Guillaume en arrive à dire qu'il se fait l'effet d'un clandestin transportant des armes ou de la drogue simplement *en se souvenant*. Si je m'enfonce dans ma mémoire, dit-il, j'ai remarqué qu'ils me demandent immédiatement de l'argent, il doit y avoir une loi.

Mais oui, il y a une loi.

Passé interdit, présent volé, futur noyé : calcul et superstition générale.

Après tout, il n'est pas impossible que le néant s'accroisse, dit parfois Stein en riant. Et pourtant, regardez la ville éclairée, ouverte ; regardez le fleuve au soleil.

Ce corps d'enfance à sauver, à laisser monter, se définit surtout par la distraction. C'est en étant distrait, le plus distrait possible, que j'ai observé et classé le monde où j'étais jeté. Comme tout passe d'abord par le son, la fièvre monte, les tympans battent, j'ai l'impression d'avoir été sourdement désigné pour les écouter. Mon cœur est une oreille à laquelle je prête mon ouïe. *Ouïe*, mot inespéré, d'ailleurs, comme si un continent lointain, sorte d'Asie, promettait pour plus tard la jouissance et la louange du oui. Et puis cet autre mot : *étourdi*. On sort, par tourbillon distrait, de ce qui est ourdi, on discerne tous les faux oui, la dissimulation des non dans les oui. On attrape un poisson par les ouïes ? Encore mieux : je suis un poisson sur le sable, mais qui vit quand même. Un poisson empoisonné, haletant, car presque aussitôt les ennuis de souffle commencent, crises, râles, on devrait pouvoir respirer comme on entend, mais nous ne sommes pas construits dans ce sens. Il y a un détournement, une erreur, un nœud, une suffocation de fond.

Dans de petites soucoupes posées sur la cheminée noire de ma chambre, autel propitiatoire avec ses deux veilleuses de présence réelle rouge, on vient allumer des poudres qui se consument lentement. La fumée qui envahit la pièce, épaisse et âcre, devrait me soulager, mais c'est le contraire, les crises ressemblent maintenant à des agonies. Ainsi, très tôt, redressé sur des oreillers qui, eux-mêmes, avec leur contenu de plumes, résument une profondeur étouffante, dans une atmosphère de plus en plus lourde d'encens asphyxiant montant vers moi, j'assiste à ma disparition prématurée. Dommage, j'aurais eu des choses à raconter. D'autant plus que l'époque est exceptionnelle, tremblement de terre et de temps. Voici : les volets sont fermés, des étrangers en armes occupent les jardins, les maisons. Leurs interpellations rauques donnent envie de vomir. D'autres voix, un peu auparavant, dans la langue que je parle, n'arrêtent pas de crier. On comprend, dans ces conditions, que les acteurs locaux aient tendance à chuchoter, à glisser, à marcher sur la pointe des pieds. Leur situation ne doit pas être facile, mais enfin ils respirent librement, eux, ils doivent penser que l'air est gratuit, qu'il s'agit d'un élément naturel. Moi, non.

Une fois les crises de souffle atténuées, les attaques d'oreilles persistent. Il faudra percer régulièrement les tympans. La scène est chaque fois la même : ils entrent dans la chambre à trois ou quatre, le type qui doit opérer a son appareil avec lampe et réflecteur sur le front, il est trapu et mutique, les autres me tiennent les poignets, les chevilles, pendant qu'il enfonce son petit cornet de métal en poussant la tête sur le côté. Voilà, c'est bref, aigu, froid, ça assourdit, ça s'écoule, le cœur ne bat plus pour être entendu, la douleur à pointes ramifiées s'endort. Compresses, pansements, cachets, nausées. Jusqu'au couronnement osseux, mastoïdite, anesthésie à l'éther, masque, montée au ciel dans un éclair violet et plombé, crâne perforé par-derrière, mise en place d'un drain. Je revois la pièce vert pâle de la clinique, les grimaces et les contorsions des vieux, j'éprouve encore la visqueuse sensation des manipulations effectuées tête ouverte, dedans et dehors confondus, espace sans bords dans la pensée morte, ivresse à contenir, à approfondir, en feignant l'impassibilité. Il faudrait être un mur plus infranchissable qu'un mur. Je deviens ce mur.

*Drain*, mot anglais, tube souple muni de trous, qu'on place dans certaines plaies et qui permet l'écoulement des liquides pathologiques ; conduit souterrain pour l'écoulement d'un terrain trop humide. *Drain* appelle *drague* (autre mot anglais), engin destiné à enlever, du fond d'un cours d'eau ou de la mer, du sable, des graviers ou de la vase ; dispositif mécanique, acoustique et magnétique permettant la destruction ou la relève des mines sous-marines.

Ce tube souple percé de trous dans la tête est aussi, pourquoi pas, une flûte ou une clarinette flexible évoquant des joncs, des sarbacanes de jungle, des croupissements ou des marécages de pus. Je suis drainé et dragué, anticipation de la décomposition et de la sanie qui m'attendent au bout du voyage. Aujourd'hui encore, je ne peux pas voir une drague dans un chenal, un marais ou un port, sans un profond sentiment de complicité. J'aime que tout soit remué, asséché, assaini, raclé. J'aime les lentes et patientes opérations du soleil dans la boue, les traces de pas ou de roues moulées par la cuisson du jour, la force du feu dans l'eau, le curage et le curetage des poches, empreintes, replis, hématomes, abcès, cadavres, tout ce qui dégonfle, nettoie, aplatit, pousse à la surface et à l'évidence, filtre et trie. Ce qui se conçoit bien se drague clairement. Aucune pourriture, aucune infection n'y résiste. Combien de saignées, ainsi, dans le temps, combien d'avortements, de diarrhées, d'assassinats, d'attentats, de guerres, d'épidémies, de charniers, qui, au fond, n'ont que cette nécessité pour objet. Vous dites que c'est horrible, mais avouez que vous oubliez vite, que vous êtes en accord tacite avec ces épurations périodiques. Creuser, fouiller, essorer, brûler : l'humanité a ses règles, c'est son fonctionnement sans fin dénié et voilé.

J'ai douze ans. «Il est curieux, ce petit, il sait souffrir», disent, avec une satisfaction professionnelle, le chirurgien, les infirmières, le médecin de service. La souffrance, ils adorent ça. Entre eux, ils m'ont surnommé la Mariée. Savent-ils que Villon a comparé la pendaison au mariage et la torture aux fiançailles ? Que, pour lui, échapper au gibet se dit «blanchir la marine», c'est-à-dire tromper la fiancée («marine» signifiant «marraine», «marraine» étant synonyme de «jeune fille») ? Non, ils ne s'en doutent pas, ils s'en foutent, les mots, pour eux, n'ont aucune vie propre, ils s'en servent, c'est tout, ils en ont le droit puisqu'ils ont la force. Pourtant, j'ai échappé à leur lourd programme de viande et de sang, ils sont tombés sur un os.

J'écoute. Il y a mille nuances à repérer, intonations, accents, réserves, petites saloperies, minables mélodies du non-dit, températures, joues, odeurs, frémissements, moues, pincements, peaux, rougeurs, gênes, ouates, gazes, acier, doigts plus ou moins répugnants qui palpent, appuient, frôlent, caressent. Je suis dans ma tranchée, j'ai été mort à ma façon comme ils ne le sauront jamais, je mourrai de ma mort, pas de la leur, je les laisse aller et venir. Ils sont nus, pour moi, sous leurs blouses, débordant de pornographie, vampires bourrés d'organes, grosses bulles, poupées gonflées de blabla. Tellement sûrs d'eux, frissonnant d'angoisse à force de fausses certitudes, bourreaux et victimes touchants, écœurants. Ils sont tous et toutes peints sur les parois, maintenant, je dois être le seul respirant de cette caverne à machines. Il y a quand même une rose rouge, là, devant moi, dans un vase posé sur la table. Ça suffit.

Plus tard, je montrerai ma cicatrice, derrière l'oreille droite, à quelques rares amies, effet immédiat, garanti. C'est une ligne profonde, bien encaissée, ravineuse, je l'ai gagnée au combat. Le trouble qu'elle provoque me laisse froid. De toute façon, dès ce moment, ma réputation est faite, je suis fêlé, j'ai un grain, une araignée au plafond, je suis givré, cinglé, mon renfermement, ma stupidité réelle ou feinte, mon comportement girouette, idiot, hébété, tout est fondé en blessure. Je suis un soldat mutilé qui, sans doute, et pour cause, plaira aux femmes. Oui, oui, embrasse-moi là, doucement, sur cette rainure, là, oui, approche ta joue. Ma voix mue, mes oreilles sont retournées et scellées, j'ai la sensation d'entendre à travers mon squelette, je peux m'enfoncer plus loin.

Un historien de l'avenir dira peut-être : Soudain, vers la fin du vingtième siècle, au milieu de richesses considérables d'ailleurs gaspillées, le lien social se dénoua. Personne ne s'attendait à une telle rupture. Ce fut d'abord une stupeur, une torpeur, comme si une énorme sphère, jusque-là hermétiquement close, s'était soudain vidée de son contenu. Pouvoir, Mensonge, Crime, Dieu, Satan, Trafic, Sexe, Mort, Argent, toutes les vieilles majuscules de la grande roue habituelle continuaient à tourner, mais, semblait-il, à vide. Après l'affaire de l'épidémie (dont certains allaient même jusqu'à insinuer qu'elle avait été volontairement déclenchée), les hommes n'allaient plus aux femmes, ni les femmes aux hommes. Plus grave, ils n'allaient plus entre eux ni elles entre elles, ce qui anéantissait les fondements mêmes du Sacré. La masturbation, comme l'excitabilité en général, n'avait plus cours. Rien n'attirait vraiment, ne tentait, ne choquait, ne plaisait, ne dégoûtait, ne scandalisait. La déception préalable, la dévaluation instantanée, une résignation confuse, une irritation morne et bientôt en miettes se lisaient partout. Bref, ça ne marchait plus.

Impossible de les faire bouger, de les étonner, de les mobiliser, de les aligner, sauf pour des représentations massives qu'ils regardaient machinalement, sans surprise. Des manifestations avaient encore lieu, mais uniquement si elles avaient l'assurance d'être filmées. Des troubles éclataient de temps en temps, bien sûr, mais retombaient vite. Des bandes de jeunes se mettaient à tout casser, tuaient parfois deux ou trois passants avec l'aide de la police, puis s'arrêtaient net, vieillissaient sur place. On avait beau multiplier les progrès scientifiques et techniques, inventer des conflits, des drames susceptibles de provoquer des émotions et des dévouements spontanés ; montrer des populations agonisantes, affamées, décharnées, liquidées, violées ; faire exploser des bombes, démasquer des tueurs, des corrompus et des corrupteurs, des variantes inédites de fanatiques, et les susciter, au besoin, les encourager, dans le dessein soit d'obtenir un sursaut ou un contrecoup vital, soit de vérifier un degré de somnambulisme jamais atteint — rien, aucun résultat, apathie, passivité, acceptation molle. Barbus hurlants, commandos suicides, femmes découpées en morceaux, torches vivantes, bébés prostitués, jeunes filles en fleurs enchaînées dans des caves ou enterrées vivantes, viande empoisonnée nourrie de cadavres, génétique expérimentale — rien, toujours rien. Que l'on puisse décidément tout se permettre avec l'espèce humaine faisait peur aux plus pessimistes comme aux plus endurcis. Tout se permettre, oui, peut-être, encore faut-il un minimum d'adhésion, d'illusion. Là, on semblait bien atteindre le degré zéro du système.

Stein, lors d'une réunion du Conseil :
— Même la Momie n'en reviendrait pas. C'était pourtant son rêve de vengeance, rappelez-vous en Égypte. Mais le rien ou la pure méchanceté nulle à ce point, non, il doit s'en frotter les bandelettes sous terre. Transmettez les dernières données, s'il vous plaît.

Que s'était-il donc passé ? Avait-on trop serré le nœud dans les époques antérieures ? La corde avait-elle cassé sans prévenir, ne soutenant plus les pendus ? Des centaines de millions de morts se vengeaient-ils en douce, depuis un au-delà homéostatique, d'avoir été sacrifiés pour rien, paradis, purgatoire, enfer, croisades, empires, révolutions, contre-révolutions, broyages de masse, fariboles enthousiastes brusquement ramenées à une gigantesque escroquerie? La télévision avait-elle poussé trop loin sa mission, pourtant démocratique, de surinformation et d'abrutissement général? Ou bien, comme d'habitude, était-ce la faute d'une poignée de penseurs élitistes et narcissiques, coupés des problèmes réels?

La baisse d'intérêt pour l'argent, surtout, était étonnante. Il était là, bien sûr, comme le soufre sexuel ou la peur de la mort autrefois, on ne parlait que de lui, mais de façon démagnétisée. À la lettre, il s'évanouissait. Il n'était plus ni craint ni vraiment désiré, on n'arrivait plus à produire, à son sujet, que des moues de réprobation ou de convoitise à peine convenables. Du coup, la détresse des pauvres ou des pays touchés par la misère endémique du globe n'arrivait plus à émouvoir qui que ce soit. Tout le monde était indifférent à tout le monde, sur fond sonore d'apitoiements préenregistrés. Les plus sincères, ou les plus malins, protestaient, lançaient des appels à la solidarité, à la charité efficace; ils étaient applaudis sur-le-champ et aussitôt oubliés. Quelques-uns pleuraient presque en public, d'autres s'enrichissaient, mais sans joie, comme s'ils accomplissaient une corvée, ne sachant quoi faire d'autre. Les grands criminels n'impressionnaient pas davantage, oubliés, eux aussi, à peine sanctionnés. Les autorités religieuses, malgré des déclarations incessantes, des rassemblements, des commémorations, étaient inaudibles. Les sectes pullulaient, transit garanti vers Sirius, rappels des vies antérieures, régimes vitaminés, contrôles de conscience, rituels d'anéantissement collectif, pilules vides d'apocalypse. Les enseignants, eux, étaient habitués depuis longtemps à ce que leurs élèves n'apprennent et ne retiennent plus rien, ils ne savaient d'ailleurs presque plus ni lire ni écrire (pour le reste, ils se débrouillaient). Trop heureux s'ils ne venaient pas vous casser la gueule, les élèves, ou jeter des gaz toxiques chez vous, par la cheminée.

Si des débats avaient lieu, ils tournaient court avant d'avoir commencé, ou bien s'enlisaient dans une nuée de détails où l'on finissait par comprendre que chacun disait la même chose que l'autre. Quelques injures de-ci de-là, par habitude, des dénonciations, des aveux, des diffamations, mais sans conviction, comme si une haine et une cruauté millénaires étaient désormais à bout. On condamnait tout, on pardonnait tout. On s'égorgeait toujours, certes, un peu, beaucoup, mais presque plus jamais avec passion ou folie, donc plus du tout. Sans agressivité, on le sait, personne n'adresse plus la parole à personne. « Ça va ? — Ça va. » Grandes pseudo-nouvelles mondiales, minuscules nouvelles locales. Ça tournait, pourtant, et la planète, placée sous perfusion par ordinateurs, était devenue une immense cave de Bourse, un vaste paquebot poisseux.

Pour rester dans la norme, on se détestait encore, on s'empoisonnait psychiquement le mieux possible, mais par point d'honneur, comme pour respecter les réflexes d'une civilisation disparue. La fatigue, surtout, était extrême. La seule envie enregistrable était de se souvenir le moins possible, de dormir, de mourir, mais, en quelque sorte, sans avoir à mourir. Mourir, finalement, non ; plutôt *ne pas être*. Tel était le vœu général. Ne pas être, oui, mais à condition que rien ne soit. D'où un contentement mauvais devant la destruction de plus en plus évidente de toute énergie nouvelle. Ici intervenaient des spécialistes chargés de faire diversion sous prétexte d'anniversaires ou de bilans truqués : « Le passé ! le passé ! s'exclamaient-ils en riant sous cape, le passé ! Pourquoi n'y a-t-il plus rien, aujourd'hui, qui soit comparable au passé ? Où sont les créateurs dignes de ceux d'hier ? » Le même article paraissait dix fois, vingt fois, dans des journaux de grande diffusion, avec photos de vieilles célébrités à l'air concentré, fervent, désespéré, dignes du passé, elles, d'un passé authentique, passionnant, audacieux, tragique, ascétique. Hélas, le passé ne s'incarne plus. Où que nous tournions nos regards, personne. Le passé s'en est allé, il ne reviendra plus, et d'ailleurs nous y veillons par l'incessante promotion d'une amnésie bourrée de clichés. Pour les corps : formes gesticulantes sportives, concerts fraternels, écrans géants, bougies, déhanchements et recueillements collectifs. Pour l'esprit : vieillards retors, gâteux, allumés, sentencieux. Les jeunes, eux, doivent être d'origine modeste, moraux, chaleureux, démontrer que la société est une ascension permanente, « société » voulant dire définitivement action de s'élever, de monter. *Monter*, tout est là. Plus de vertiges, de raisonnements trompeurs, d'observations négatives, d'intériorité douteuse. Des contestations, des révoltes ? Oui, peut-être, mais en vue du Bien, et avec permis.

Le Programme avait ainsi deux volets simultanés : anesthésie convulsive d'un côté ; exhibition ruineuse de l'autre. L'important était, en effet, de dépenser énormément pour rien, en disant le contraire. Nous incluons, nous intégrons, nous digérons, nous égalisons, nous diluons, nous fondons. Nous ne refusons personne, sauf, évidemment, les cas irrécupérables. Nous avons l'expérience d'un désastre ancien, nous en avons tiré les leçons, nous ne commettrons plus d'atrocités, ou le moins possible, juste ce qu'il faut, c'est promis. Sans cesse, nous nous penchons sur les plus démunis, les marginalisés, les exclus. Le malheur, heureusement, est inépuisable, et c'est pourquoi je peux vous démontrer par A plus B que le changement et l'avenir du changement seront un changement du changement via le changement. Une autre politique revenant au même est toujours possible. L'avenir est plein d'avenir. Maintenant, assez plaisanté, nous avons décidé d'être ensemble. Ce qui n'est pas ensemble n'existe pas. Allons, vous, là, vous sentez bien que votre originalité supposée n'est qu'un préjugé, un héritage malsain, un manque d'éducation, un symptôme, une infirmité, une virtualité rêvée, une tare. Je vous tape dans le dos, tiens, je vous remets d'aplomb, je vous soigne. Répétez « nous » après moi. J'ai toujours pensé que vous étiez un gentil garçon, une brave fille. On vous trouvera du travail. Et puis vous voterez, vous aurez un logement décent, vous pourrez vous marier, avoir des enfants, lesquels pourront, eux aussi, travailler, habiter, voter, et ainsi de suite. Vous êtes avec nous, vous avez toujours été avec nous sans le savoir. Quoi ? Vous vous dérobez ? Mais vous avez donné votre accord, l'autre soir, devant une caméra ! Alors ? Vous n'étiez pas convaincu ? Vous agissiez par opportunisme ? *Pour rire ?*


Tel était, à l'époque, le montage du décor, c'est-à-dire, n'exagérons rien, la petite surface des choses. La nature, elle, restait magnifique. En un sens, malgré les destructions innombrables dont elle était l'objet, elle n'avait même jamais été aussi belle, le moindre coup d'œil jeté sur elle pouvant être mille fois plus profond, nuancé et vif qu'autrefois. Jamais la solitude organisée et méditative n'avait pu être mieux protégée. On fera remarquer qu'un tel climat était on ne peut plus favorable à l'apparition d'individus singuliers, contre lesquels, compte tenu de l'anémie et de la décomposition ambiantes, il aurait été difficile de rien faire. Or il s'en produisit très peu. Pour quelle raison ? Les candidats ont-ils été envahis, à ce moment-là, par une terreur ou une culpabilité de penser quelque chose de *tout autre*, une vérité et une liberté jamais pensées ni vécues avant eux ? Une percée que l'adversaire devait empêcher à tout prix par exténuation quotidienne, harcèlement débilitant, facilités piégées, débauches manipulées, abus d'alcool ou de drogue, incitation à l'autodestruction, haine de soi, sabordage buté de la réflexion ? Quelques-uns sont allés jusqu'à émettre cette hypothèse. Ce dernier point est curieux.

Je résume. Jean, l'un de nos meilleurs agents, n'a rien écrit et a su quelque chose qu'il n'aurait pas dû savoir. Guillaume, lui, a beaucoup réfléchi et écrit, mais a fini par se persuader qu'il en savait trop pour continuer à vivre.

Stein se tait. Avec Marion, au téléphone, j'ai les conversations les plus neutres possible. Si elle ne me dit pas soudain, sans raison, « Excuse-moi, je suis en retard », c'est que tout va bien.

Je m'amuse, aussi. La vie clandestine a sa gaieté, sa bouffonnerie spéciale. J'ai tellement bu, cette nuit, avec Nina, qu'elle a préféré rentrer chez elle après avoir mis un peu d'ordre dans le studio. C'était il y a deux heures. Il est six heures du matin. La ville s'éveille, il y aura du brouillard. Je titube vers mon lit. Je vais dormir. J'écris que je vais dormir.

Que dit mon vieux traité chinois ?

« Tromper vraiment consiste à tromper, puis à cesser de tromper. L'illusion croît et atteint son sommet pour laisser place à une attaque en force. Un coup faux, un coup faux, un coup vrai. »

Et encore : « Quand le souffle de la discorde balaie l'autre camp, une seule pression de ma part suffirait à ressouder son unité. Se retirer et demeurer à distance, c'est faire le lit du désordre. »

Et encore : « Rien dans les mains, rien dans les poches, ruse des mauvais jours, ruse des ruses. »

Le dernier stratagème, éminemment romanesque, s'appelle celui de la ville vide. Il consiste en ceci : faible, on doit créer l'illusion de la force ; fort, celle de la faiblesse. Si on est faible, il faut montrer sa faiblesse pour que l'adversaire croie qu'on dissimule une force. Si on est fort, on fait étalage de sa force pour amener l'adversaire à s'avancer imprudemment en pensant rencontrer une faiblesse.

Ça a l'air simple. Ça ne l'est pas.

Au commencement, donc, j'écoute, j'enregistre les situations où les chocs verbaux ont
lieu. Par exemple, on est à la campagne, mon
cousin plus âgé chuchote. Les gendarmes viennent régulièrement demander où il est. Il a été
prévenu, il fait son sac, il disparaît quelques
jours dans les bois.

En ville, chez nous, des types blonds et muets,
des Anglais, vivent parfois cachés dans les caves.
On capte avec précaution, dans les greniers, la
radio de leur pays. D'où viennent-ils? Comment
se débrouille-t-on, la nuit, en tombant du ciel en
parachute, au milieu des projecteurs, des fusées
éclairantes, des tirs d'artillerie? Chut, tais-toi, tu
n'as rien vu, il n'y a personne.

Spitfire, Royal Air Force, on n'oubliera pas ces
mots opposés à d'autres, Stukas, Luftwaffe.
Sonorités contre sonorités, nez, gorges, mâchoi-
res. La mauvaise voix a le pouvoir. On ne lui
répond pas. La langue que j'habite est pour

l'instant battue, enfermée, elle étouffe, elle bouillonne en deçà du corps, elle appelle d'autres organes. Le français est pris en tenaille entre l'allemand et l'anglais, comme le polonais, pas de chance, entre l'allemand et le russe. Nous, on a quand même une possibilité de s'en tirer. *Tais-toi.*

Et les Japonais ? Non, ceux-là sont de l'autre côté de la planète, là où aura lieu l'Explosion. Papa, en faisant tourner le globe de la bibliothèque, me montre la tache allongée jaune clair où ils marchent déjà au soleil pendant qu'ici il fait nuit. La large étendue jaune foncé, en revanche, à gauche, est la Chine. Ne pas confondre Chinois et Japonais, pas plus qu'Allemands et Anglais. L'Amérique du Nord, elle, plaines, fleuves, lacs, forêts, est verte. Il n'est pas encore question de celle du Sud, pas plus que de l'Afrique. La Russie, où les Allemands semblent avoir des difficultés, est rose. La France, bizarrement, est rouge. Papa accélère la rotation du globe, les couleurs s'égalisent, plus rien.

C'est décidé : j'irai voir un jour ce qui se passe là-bas, par-delà la sphère de bois peint, dans le jaune profond, en Chine.

Pour l'instant, je comprends quand même que le sort du monde se joue entre aviateurs, à un contre quatre, là-haut sur la carte, au-dessus de l'eau. Dans les garages, au fond des jardins, il y a des lits de camp et des matelas sur le sol, pour les Hollandais, les Luxembourgeois, les Belges, les gens des pays brumeux colorés en bleu ou en mauve. Un peu plus tôt sont venus les réfugiés du Sud, Italiens, Espagnols. Des noms circulent à table : Londres, Amsterdam, Rotterdam, Bruxelles, Gênes, Milan, Rome, Bilbao, Saint-Sébastien, Barcelone, Madrid. Bon, d'accord, on ira marcher dans ces villes.

Mais qu'est-ce qu'ils sont en train d'enterrer, là, en plein été, du côté du bois de bambous ? Et pourquoi ces drôles d'étoiles en tissu cousues sur les vestes ou les manteaux de certains passants dans les rues ? Des Juifs ? C'est quoi, les Juifs ? Maman me montre un gros livre. Ces gens sont désignés, ciblés, poursuivis, arrêtés, déportés ou fusillés à cause d'un livre ? Au fond, oui. Mais pourquoi ? « Tu comprendras plus tard. »

Tous ces adultes sont pressés, destitués, nerveux, leurs explications ne sont pas fameuses. L'amusant, je m'en rends compte assez vite, est qu'ils croient, en toute sincérité, avoir des connaissances physiologiques très supérieures aux miennes. Ils sont visiblement tourmentés par cette affaire du bas. Ils rougissent, se dérobent, plaisantent, marmonnent, dérapent. « Plus tard, plus tard. » Décidément, ce « plus tard » n'en finira pas. Chaque fois, sur ce sujet, que j'aborde d'ailleurs de façon négligente, ils en font trop ou trop peu. Je vais donc noter leurs réactions : c'est là.

Chassés ensemble, déformés, censurés, enterrés au cœur de la nuit, mais se révélant avec le temps sur fond de grandes perturbations de populations, il y a ce qu'ils appellent le sexe, et un livre qu'ils appellent la Bible. Réflexes, honte, lâchetés, bafouillages embarrassés, ne pas oublier : là est la Boussole, le Nord.

Je ne dis rien, j'observe. Certains matins, les toits, les pelouses, les allées, les bassins sont couverts de rubans de papier argenté tombés des avions pour brouiller les ondes. On dirait du givre en plein soleil. Mes sœurs et moi, nous ramassons cette manne. Presque chaque nuit, à l'appel des sirènes, on descend en courant du côté des caves inoccupées. Les femmes rient. Si on regarde le ciel, les yeux sont traversés d'explosions cotonneuses, violettes. Les livres restés

dans les maisons continuent leur vie propre, surtout les gravures, les peintures. Aucun choc ne
parvient à les faire trembler.

Un matin d'été, dans sa chambre, pendant
que je la regarde enfiler une combinaison de
soie blanche (bon dieu, qu'elle est ronde, brune
et jolie, celle-là), je demande à l'une des sœurs
de Maman la signification du mot «fornication». Sa gêne immédiate m'enchante. Ça y est,
je les tiens. Elle plonge la tête dans son armoire
à glace, fait semblant de fouiller dans son linge.
Pas de réponse, mais quelle réponse. Il fait très
chaud, le jour est bleu, on se souviendra de cette
belle année sous les bombes.

D'où la décision : savoir ce qu'il y a dans le
Livre, étudier de près la fornication. L'école,
comme par hasard, ne parle ni de l'un ni de
l'autre. «Fornication» est d'ailleurs un mot
pénible qui paraît sans rapport avec la chose
nommée. Il évoque davantage un travail forcé
qu'un plaisir (mais c'est sans doute l'idée qu'ils
s'en font, et probablement surtout elles). Question : comment un acte aussi inoffensif, du
moins en apparence, conduit-il, selon eux, à des
enfers de douleurs ?

Le dictionnaire donne un exemple : « Le peuple juif tomba dans la fornication avec le peuple de Moab. » Me voilà bien avancé. Ou encore : « Infidélité du peuple juif [encore lui !] abandonnant le vrai Dieu pour des dieux étrangers. » Le fait de fréquenter les devins ou les magiciens est aussi, me dit-on, une sorte de fornication. Je ne vois pas le rapport, tout me semble même indiquer le contraire, mais si Dieu l'a dit, ou ses prophètes, il doit y avoir une raison.

Voyons. Je lis qu'au commencement Dieu créa le ciel et la terre. Mais, dans une autre version (décidément, les maisons sont pleines de Bibles), je tombe sur : « Elohim créa les cieux et la terre. » Dieu a donc un nom variable, Elohim, Iahvé. Mais faut-il dire « le ciel » ou « les cieux » ? *Ciel* est plus beau à l'oreille, *cieux* paraît plus exact. Je poursuis : « La terre était déserte et vide », dit l'un. Mais l'autre : « La terre était vide et vague. » L'un : « Il y avait des ténèbres au-dessus de l'Abîme et l'esprit d'Elohim planait au-dessus des eaux » ; l'autre : « Les ténèbres couvraient l'abîme, un vent de Dieu tournoyait sur les eaux. » Soit, mais comme c'est mal écrit, mal traduit. De quelle langue cela vient-il ? De l'hébreu. Où se trouve le lieu de l'action ? Là-bas, dans la Méditerranée, à droite. Jérusalem? Oui, bon, ça va, on ira.

Il faudrait pourtant se mettre d'accord. L'abîme est-il majuscule ou minuscule? Dieu a-t-il un esprit ou émet-il un vent? Cet esprit souffleur plane-t-il, tournoie-t-il? Est-il glissant, a-t-il le tournis? Ou les deux?

Le ciel, les eaux... Mais parlons-nous ici de l'eau telle que nous la percevons, océans, mers, fleuves, rivières, ruisseaux, ruisselets, sources, lacs, étangs, mares, pluie, flaques? Sûrement pas, puisque Elohim (après tout, je vais l'appeler comme ça) sépare, un peu plus loin, les eaux d'avec les eaux, créant ainsi le firmament (beau mot, peu employé), avec des eaux au-dessus et des eaux au-dessous. Comme il nomme le firmament « ciel » ou « cieux », il faut comprendre qu'il y a encore des eaux au-dessus des cieux. Bien, mais de quelle nature est alors cette voûte supracéleste? Ce Père, étant aux cieux, peut-il se retrouver dans l'eau?

Après quoi, je lis qu'une femme, manipulée par un serpent, se livre à un tour de passe-passe. Elle fait manger une pomme, interdite par Dieu, à un homme persuadé qu'il s'agit simplement d'une pomme. Bref, le serpent maléfique et rusé règne, à travers elle, sur des hommes-pommes. Le ver était dans le fruit, la mort s'ensuit. Le serpent, à ce moment-là, était-il Dieu ? Dieu s'est-il déguisé en serpent pour produire ce déluge d'hommes transformés en pommes ? L'obscurité augmente, on s'y noie.

Comme l'école ne parle pas de ce qui m'intéresse, le mieux est d'apprendre par cœur ce qu'ils veulent. Ils exposent leurs conceptions du monde, les répètent ; ils y tiennent beaucoup. On adoptera par conséquent leurs manières, on récitera leurs manies. L'essentiel est qu'ils ne se doutent de rien, ne vous repèrent pas trop tôt, ne viennent pas vous harponner dans les intervalles. La maladie est bienvenue, elle a ses inconvénients, mais elle isole. Elle permet d'obtenir un régime spécial. On finit ainsi par les habituer, on les use. On les oblige à vous compter en plus, en dehors, à part.

Société, famille, c'est pareil. Il faut les habituer très tôt à vos décalages, désertions, absences ; leur rappeler que vous n'avez pas demandé à exister, qu'ils en ont pris à la légère la lourde responsabilité ; que toute cette affaire, Dieu ou pas Dieu, reste trouble. Ils sont contraints de vous tolérer au nom de leurs propres principes, dissimulant mal un acte noir et foireux. S'il le faut, vous allez à l'épreuve de force. Vous vous laissez couler, vous marquez que vous n'hésiterez pas à mourir. Cela ferait très mauvais effet. Vous êtes dans un monde civilisé : ils cèdent.

Constamment, vous posez les mêmes questions : pourquoi y a-t-il quelque chose plutôt que rien ? Si Dieu existe, que signifient ces montagnes d'horreurs ? D'où vient exactement cette passion mécanique de faire des enfants ? La mort n'est-elle pas la négation évidente de toutes vos valeurs ? Pourquoi une chose ne serait-elle pas elle-même et son contraire ? Qu'est-ce que le temps et pourquoi précède-t-il l'espace ? Comment définir l'infini, le zéro, le un ? Pour quelle raison rêvons-nous, oublions-nous, nous répétons-nous ? Pourquoi, d'ailleurs, faut-il qu'il y ait un « nous » ?

Vous n'écoutez pas les réponses et vous reposez sans cesse les mêmes questions en sens inverse. Avec des variantes, bien sûr.


Un tel tempérament, affiché très vite, dénote à leurs yeux une vocation religieuse. Laissez-les le croire, c'est une carte dans votre jeu. On vous fait examiner par des autorités en la matière. Vous subissez patiemment leur délire, leur incompétence érotique ; vous évitez de leur faire remarquer l'étendue de leur ignorance ; vous les inquiétez un peu par la pertinence de vos remarques. Prenez un air entendu, concentré, n'hésitez pas à parler d'angoisse. Plus tard, avec les agents ou les caractères psychiatriques, même comportement : amenez-les à parler, ils ne demandent que ça, permettez-leur de s'allonger en imagination sur vous, sous vous, à vos côtés, surtout si, malgré vos difficultés, vous avez une apparence agréable. En réalité, mettez-vous bien ça dans la tête, il n'y a que des problèmes physiques. Voilà, ils salivent, ils y viennent, éducateurs, professeurs, docteurs, prêtres, pasteurs, rabbins, poètes, artistes, journalistes, policiers, philosophes, mères de famille, pères frustrés, amateurs d'adoption, réformateurs, terroristes, animateurs de parti, de secte, de club. Moins vous êtes demandeur, plus ils le sont. C'est vous, finalement, qu'il faut convaincre, c'est votre adhésion qui est recherchée. Soyez bonne pâte, embarquez-vous, bavardez, buvez, baisez, improvisez, glissez, dégagez. Ne prévenez personne quand vous décidez de filer. Cela vous vaudra bien des reproches et des haines, mais quoi, tout s'efface.

Il y a une vieille expression française, « faire un trou à la nuit », qui signifie « partir d'un lieu à la dérobée, sans que personne s'en doute ».

L'image fait allusion aux fortifications entourant les villes d'autrefois, dont les portes étaient verrouillées le soir. Il y a aussi «faire un trou à la lune», qui veut dire «se tirer en douce, plier bagage sans payer ses dettes, faire faux bond, manquer».

Apprenez à manquer.


Vous les jouez donc les uns contre les autres. Personne n'est content, mais personne n'est vraiment mécontent non plus. Le point capital est qu'ils ne puissent pas s'unir contre vous. Faites-vous admirer, faites-vous mépriser. Passez pour subtil, passez pour niais. Vous êtes dupe, ahuri, imbécile; ou bien calculateur, sinueux, damné. Villon dit: «Eschec, eschec pour le fardis.», gare, gare au collier de chanvre. Si on vous vante, vous vous abaissez; si on vous abaisse, vous vous élevez. Vous êtes une bête, un ange, un jonc, un vermisseau, un roseau, mais aussi un chêne, un roc, un événement incompréhensible. Tantôt le silence des espaces infinis vous effraie, tantôt il vous plonge dans des abîmes de sérénité. Les jugements à votre sujet finissent par se contredire à chaque instant et s'annulent : vous êtes sauvé.

Arnaud me demande pourquoi, à mon avis, les notes de Guillaume, dans les dernières années de sa vie, sont de plus en plus centrées sur la poésie. Avait-il l'intention d'écrire un livre sur ce sujet? C'est possible. On peut déjà suivre cet intérêt, chez lui, dans la plupart de ses romans, la couleur revient en filigrane, discrète, insistante, il devait avoir les textes souvent sous les yeux, les emporter avec lui en voyage. *Passion*, par exemple, drôle de récit. C'est l'histoire d'un médecin d'une cinquantaine d'années, à l'existence apparemment normale. Tout le monde (collègues, femmes, enfants, maîtresses, patients) le croit arriviste et cynique, il s'arrange pour qu'on ait cette image de lui, alors que sa seule vraie préoccupation est d'organiser ce qu'il appelle des moments de disparition. Il a loué un studio près de chez lui, où il va s'enfermer de temps en temps en prétextant des voyages professionnels. Il dort, va se promener dans un quartier éloigné, dîne seul, rentre, écoute de la musique, ne fait rien. Si : il lit.

« Les gens ont été déroutés », dit Arnaud.

Ce qui a dû choquer, c'est que le personnage ne recherche aucun contact ni sexuel, ni affectif, ni même amical. Tout semble le combler, moment par moment, chaleur, pluie, trottoirs, bousculades, silences, sommeils. On dirait qu'il flotte dans un bonheur permanent sans cause. Pas d'ambition, aucune obsession, pas le moindre souci.

Roman trop statique, a-t-on dit.

Je me revois en train de lire ce livre au soleil dans le jardin de mon bureau de Londres. Fin d'après-midi, lumière, légères phrases françaises. Contrairement aux critiques, je trouve que Guillaume est là à son meilleur niveau. Science des proximités, habileté à passer, sans qu'on sache comment, d'un plan à un autre, il écrit comme on peint, masses, modulations, animation colorée faisant flamber les contours.

— Le livre est réussi, d'après vous? dit Arnaud. Vous l'avez lu à l'étranger?

— Je lisais tout ce qu'il écrivait.

— Est-ce qu'il parle de vous quelque part?

— Ça arrive, mais jamais ouvertement. Presque personne ne savait qu'on se connaissait.

— Pourquoi?

— Habitudes d'époque, discrétion, transversalité.

— C'est quand même vous qu'il a choisi pour classer ses papiers.

Je ne réponds pas. À quoi bon?

— Hein? C'est bien à vous qu'il a pensé?

Prenons l'histoire autrement : Arnaud naît vers la fin du dix-neuvième siècle, il vient me voir avec les papiers de son père où il n'est question que de Pascal, de Baudelaire, de la Bible. Il les trouve incompréhensibles. Rimbaud vient de mourir à peu près inconnu, Lautréamont n'est même pas un nom, Hölderlin, Sade et Nietzsche sont prisonniers dans l'ombre. Quelle différence avec aujourd'hui ? Aucune, sauf la puissance d'illusion du décor.

En effet, si je dis « Rimbaud » à Arnaud, il connaît la photographie d'un visage, un nom imprimé un peu partout à chaque instant, il sait qu'il s'agit d'un poète du siècle dernier, un jeune révolté génial, homosexuel, ami de Verlaine ; il a vu l'annonce d'un feuilleton télévisé qui met en scène un mystérieux aventurier en Arabie, il connaît au moins deux titres de poèmes, *Le Bateau ivre*, *Le Dormeur du val*. Ah, oui, il y a aussi *Une saison en enfer*, mais de quoi parle exactement ce petit livre, le seul que Rimbaud lui-même ait publié ? On ne sait pas trop.

Marion, il y a un mois :

— Tu lis quoi ?

— Rimbaud.

— Tu ne viens pas avec moi en ville ?

Alix, il y a dix ans :

— Qu'est-ce que tu lis ?

— Rimbaud.

— Tu n'oublies pas qu'on a un dîner ce soir ?

Guillaume, dans un de ses carnets :

« Imaginons Hölderlin et Rimbaud respirant, marchant, dormant, se levant, se lavant. Le premier est allongé au bord de la Garonne ou dans le petit jardin au pied de la tour du menuisier Zimmer, en face du Neckar. Le second flâne un matin de février aux environs de Londres, traverse les Alpes à pied dans la neige, passe devant le Dôme de Milan, arrive à Stuttgart, se balade au Caire. Caravanes et promenades, marches forcées ou chambre en plein soleil. Ni religion, ni folie : phrases simples, détachement, couleurs. Exemple : « Car il y a des fleurs non poussées de la terre, elles grandissent de soi-même du sol vide. » Ou : « Dans l'été, la tendre fièvre entoure tous les jardins. »

On a beaucoup murmuré, à une époque, que la Momie, sous l'influence d'un de ses gourous du moment, avait fondé un Comité Laïque pour l'Organisation du Non-Être, le CLONE, véritable chef-d'œuvre de métaphysique fin de siècle. Le rituel d'admission comportait, paraît-il, le dialogue suivant :

— Voulez-vous en être ?

— De quoi ?

— Du non-être.

— J'en suis.

— Bienvenue au CLONE. Oubliez qui vous êtes. Rompez.

Une blague, bien sûr, mais qui en dit long.

En réalité, l'obsession générale est qu'il y ait une Cause, peu importe laquelle : divine, familiale, sociale, cosmique, biologique, ethnique, économique. Il faut qu'une causalité surplombe et explique le reste, que le général englobe le particulier. Vous, là, en revanche, vous avez un je-ne-sais-quoi, un truc, une expression, un nimbe, un air, un geste, une odeur, un cartilage, un poil, un presque rien impalpable, mais insolent, qui met en cause la Cause. Ce n'est pas une question de beauté, de laideur, quoique plutôt très beau et plutôt très laid, de ce côté-là, se rejoignent. L'interpellation physique *n'est pas* une affaire physique. C'est votre façon inconsciente de *corporer* qui est en jeu, votre présence jusque dans vos absences. Votre manière de cel-luler, de sanguer, de chromosomer, de respirer, de digérer, de résonner, d'écouter, de dormir, de rire, de reculer, d'avancer, de hocher, de regarder, de parler, d'écrire, de remuer, de ne pas bouger, de rêver. Votre sommeil, surtout, est suspect, comme si vous étiez né pour avoir plusieurs vies. Rimbaud : « À chaque être, plu-sieurs *autres* vies me semblaient dues. Ce mon-sieur ne sait ce qu'il fait, il est un ange. Cette famille est une nichée de chiens. Devant plu-sieurs hommes, je causai tout haut avec un moment d'une de leurs autres vies. Ainsi, j'ai aimé un porc. »

Autres vies, oui, non seulement dans le temps et l'espace, mais là, tout de suite, sur place, à la minute même, des vies différentes et uniques, répertoriées, stratifiées, étanches, harmoniques. Moi aussi j'ai aimé des juments, des chiennes, des carpes, des lapines, des truies. Musique, voilà, c'est comme si on avait un orchestre en soi. Rimbaud, toujours : « J'assiste à l'éclosion de ma pensée ; je la regarde, je l'écoute ; je lance un coup d'archet : la symphonie fait son remue-ment dans les profondeurs, ou vient d'un bond sur la scène. » Rien que ça.

Rimbaud, comme Hölderlin et Lautréamont, s'est mis un jour au piano, c'était en 1875. Il faut que je demande à Vincent ce qu'il éprouve, parfois, en jouant. Saura-t-il me le dire ? Non.

Les autres sentent bien ces différences en vous, ils les repèrent avant même que vous en ayez conscience. Leurs reproches, leur mauvaise humeur, leur aigreur vous étonnent, vous montrent la voie. En même temps, ils se trompent sur ce que vous êtes en train de désirer ou de faire : c'est épatant à vérifier, mathématique. Bref, c'est votre *ton fondamental* qui les irrite au plus haut point, mais ce ton est là avant vous, il vient de plus loin que vous, il passe à travers vous, il vous crée, vous enfante, vous donne un sujet, des objets, une vie, une mort, un monde. Vous n'y êtes pour rien, vous êtes méconnaissable : n'allez pas vous plaindre, un jour, d'être méconnu.

Très tôt, donc, je recherche le dissemblable, l'inamical de fond, l'opposé sexuel, racial ou social. J'aime d'instinct les Gitans, les Juifs, les Noirs, les Chinois, les femmes les plus étrangères, les différences d'âges, de rites, de signaux. Je préfère qu'on ne soit pas moi, j'aime admirer et apprendre. Rien de plus répréhensible, plus tard, que ce goût pour l'étude et l'admiration.

Mes amis préférés sont ainsi nègres, pédés, fils de rabbins, de pêcheurs, de boulangers, de bouchers, d'ouvriers. Je les revendique hautement, je refuse la fréquentation des autres, de ceux qui se disent semblables à moi. Je méprise les jeunes bourgeoises blanches, leur acné, leurs règles honteuses, leur pseudo-christianisme sale, leurs accents criards maniérés, leurs calculs minables, leurs mères radoteuses et coincées, leurs bavardages excités, leur rage de rentabilité obtuse. Dès le commencement, elles sont enceintes dans leurs têtes, assises à la caisse des reproductions, professionnellement tendues vers l'exploitation des mâles, lesquels (ces cons) le méritent d'ailleurs amplement. Leurs trémoussements acides, névrosés, idéalisants, leurs mouillures à contretemps et jamais conscientes, leur ignorance militante me donnent, aujourd'hui encore, un frisson tranchant de dégoût. Elles ne savent ni se toucher ni toucher, quelles pannes sur les canapés, les lits, l'herbe, le sable. Quelle lourdeur, quel empâtement, quel temps pourri, quel ennui.

L'embêtant, cependant, avec les étrangers, c'est qu'ils s'imaginent vite que, doute ou dégénérescence, je veux être comme eux. Du coup, ils veulent être comme moi, se mettre à ma place. Mais non, quelle idée, pas de confusion ni de communion, on veut juste s'informer, se deviner, jouer par curiosité aux frontières, les frontières, il n'y a que ça. Être inconciliables, irrécupérables, voilà l'intérêt.

Supposons d'ailleurs que vous arriviez plus tard à l'accord relatif, vous, homme pas trop imbécile, avec femme jolie pas trop idiote : entente légère exigée lors des rencontres et des conversations, sauf lorsqu'il s'agit de faire l'amour, et alors, là, pendant l'acte lent, simulation de rejet et de haine. Le contraire de la réconciliation sur l'oreiller : la détestation sur coussins. Ce serait la transparence, la joie, l'abolition des sentiments inutiles, la néantisation du ressentiment, la neutralisation de l'incompréhension, l'idylle, quoi. Je le sais, je l'ai fait.

Comme c'est bien de mentir, de jouer la comédie et de se le dire, de n'aller nulle part ensemble, d'être séparés à jamais. Quel défi, quelle réfutation du programme de la servitude fondé sur le malheur prétendument indépassable de la fumeuse condition humaine. Quelle gifle à la pseudo-Cause, au pseudo-Dieu. Moi, issu d'un hasard, et toi, issue d'un autre hasard. Partout, autour de nous, fausses identités, fausses croyances, faux agenouillements, fausses valeurs, couples menteurs. Rions, oublions.

Et écoutons, une fois de plus, *King of the Zulus*, de Louis Armstrong et son Hot Five, enregistré à Chicago le 23 juin 1926, ou, plus tard *Misterioso* ou *Criss Cross*, de Thelonius Monk, gravés aux Chappels Studios de Londres, le 15 novembre 1971.

Cette musique est ce que je veux dire. Tout cela, enfantin.

Il faut reconnaître que les adultes en ont mis un coup pour se déconsidérer en bloc. Leurs sénilités chevrotantes, leurs crétineries scoutes, leurs vareuses, leurs slogans, leurs congrès, leurs bras levés ou leurs poings serrés, leurs défilés, leurs charniers, leurs cantiques, leurs chansons sentimentales ou patriotiques, leurs films, leurs pauvres vedettes, leurs cris, leurs sirops meurtriers, leurs cruautés à saccades, tout cela a été, comme jamais, clair, démonstratif, final.

Hurlements, sirènes, haut-parleurs, rafles, pelotons d'exécution, chiens, barbelés, crépuscule des dieux, walkyries en rut, chambres à gaz et fours crématoires, dénonciations, faux procès, tortures, cyanure, expériences *in vivo*, bénédictions, manifestations, adorations, assassinats en séries, poèmes absurdes, héroïsmes divers, comique vaseux : ils ont vomi en vrac leur fibre d'asile. L'affaire est entendue, l'évidence est là :

ils sont fous. Fous et médiocres. Ordinaires. Normaux, donc très dangereux.

En 1945, comme bouquet de ce feu d'artifice concentré de la nature humaine, deux villes japonaises s'évanouissent dans l'atmosphère. L'avion qui porte la première bombe, l'*Enola Gay*, accomplit une opération baptisée Little Boy. Le message télégraphié après l'explosion au champignon mortel, trois cent mille morts ou irradiés à vie, est le suivant : « Le bébé est bien né. » On vous livre même la clé de l'énigme.

Fureur et fleur bleue, bombardement et accouchement. On n'a peut-être pas assez remarqué, à l'époque et depuis, que le débarquement de Normandie a été annoncé à la radio par la récitation de deux vers de Verlaine : « Les sanglots longs des violons de l'automne / Blessent mon cœur d'une langueur monotone. » C'est touchant, c'est nul, c'est beau, ce n'est sûrement pas du Rimbaud, pas plus que l'inscription au-dessus des camps d'extermination : « Le travail rend libre. » Pas plus que le petit orchestre des déportés jouant du Wagner pendant le défilé vers la mort. Pas plus que l'arbre de Goethe préservé dans les allées des baraquements, ni que les voyantes accréditées au Kremlin pendant les exécutions de masse. Pourquoi, en effet, avant d'être fusillé, pendu ou décapité, ne pas entendre une dernière romance, par exemple «Le ciel est par-dessus le toit, si bleu, si calme; un arbre, par-dessus le toit, berce sa palme»? Clac! Au trou! La mise en scène est nouvelle. Humour super-noir? Même pas. Aspect loustic et publicitaire du ravalement qui poursuit sa montée à travers le béton broyeur.

Ne travaillez pas.

En ce temps-là, donc, les chefs bouchers directeurs du voyage (on a éliminé, entre-temps, les plus compromettants ou les plus cinglés) se rencontrent au sommet, sur les bords de la mer Noire. Ils sont là pour se partager le monde, ils sont propres, bien nourris, ils font des entrechats devant leurs fauteuils d'osier, ils s'éventreraient volontiers les uns les autres, mais leur solidarité est plus forte que leur haine. L'Anglais, bouledogue à cigare, a encore grossi; l'Américain, à demi paralysé, ressemble déjà à Monsieur Tout-le-monde; le brutal, vicieux et brûlant maréchal géorgien, ex-pope bourré de vodka, n'en a plus pour longtemps, il le sait, il regarde sournoisement la pointe de ses bottes. Préséances, pas de deux, mais non, après vous, vos destructions sont plus considérables que les miennes. Courbettes, interprètes, foule servile des photographes et des cameramen. La colorisation, bientôt, fardera ces cadavres. Si vous n'êtes pas sages, sachez que nous avons les moyens, maintenant, de vous expédier en fumée. Vos atomes nous appartiennent, on vous dira plus tard les images auxquelles vous devrez vous conformer. Enfin, quoi, les affaires reprennent. Tenez, vous, l'artiste, là, dessinez-moi une colombe. Chantez, dansez, bossez. Auto, métro, boulot, dodo. La liberté d'être employé est la plus grande de toutes. Le droit à l'emploi dans la liberté est le plus sacré.

N'oubliez pas de répéter ou de faire répéter partout ces insanités. Votre vie est dédiée au parti ou à la publicité, en attendant qu'elle devienne un jour dévouée à la seule publicité du parti de la publicité. L'être humain est une âme de réclame ou une expérience de laboratoire. Entre les deux, rien, ou plutôt : nous. Remarquez, pourtant, que tout sera mis peu à peu à votre disposition, culture comprise, mais ne vous avisez pas, vous, là, petite chose, de prétendre qu'elle n'a de sens, la Kulture, que si vous pouvez la dépenser. Taisez-vous, récitez le programme.

Le coup est imparable : vous êtes égaux, vous êtes pensés, donc nous sommes. Si vous aviez des doutes, nos affreux terroristes, que nous combattons, bien entendu, sauraient vous remettre dans le droit chemin. « Allô, Palerme ? Ici Yalta.

Le bébé va bien ? Les violons sont accordés pour les sanglots longs ? O.K. » Ne vous fatiguez plus : l'audition est dirigée, la visite guidée, l'implantation surveillée, l'insémination calculée, le bilan prévu, le livre, et surtout la critique du livre (car, au fond, on pourrait s'en tenir à la critique) sont écrits d'avance. Votre existence a lieu parce qu'elle a eu lieu. Vous êtes en différé, même en direct. À la moindre bavure, ciseaux, gomme. Voulez-vous me dire (qu'on s'amuse un peu), où, quand et comment, vous pourriez être *vraiment* en direct, y compris par rapport à vous-même ? Le présent est à nous, il remodèle le passé, il trace l'avenir. Nous changeons les perspectives quand ça nous arrange. Ce grand homme ? Allons, il n'arrête pas de tomber de son piédestal. Ce génie ? Il était criminel. Cet espoir des jeunes gens ? Un pervers hypocrite. Cet escroc ? Un homme de talent. Ce policier ? Un brave bougre, fidèle en amitié. Cette fille ravissante ? Une droguée. Cette femme raffinée ? Une pute. Ce penseur capital ? Un lâche. Et ainsi de suite. Dans ces conditions, si vous aviez encore une conviction à vous, avec qui la partageriez-vous ? Vous voyez bien : personne.

Je suis resté trois jours sans sortir. Je sentais la ville au loin, le noir complet et dormant, j'avais envie que le temps s'éclaire dans mes yeux fermés, qu'il s'ouvre de l'intérieur comme une fleur, qu'il me dise où j'étais, vers quoi je pouvais aller. Il y a eu un orage. La pluie battait les vitres, j'entendais des bruits, je les perdais dans la fièvre, je les retrouvais. Il y a eu des aboiements, des voix, des rires. Vers trois heures du matin, dans la salle de bains, je pouvais voir mon visage bouffi et tendu, marqué par une douleur déjà oubliée, sourde. Je revenais sur mon lit, j'enfonçais mon visage dans les oreillers. Les rêves étaient plats, en boucle : Guillaume et Jean, Jean et Guillaume, Marion, Alix.

Nina est passée :
— Qu'est-ce que vous avez ?
— Rien, rien, la grippe, à bientôt.
Vincent au téléphone :

— Tu n'es pas venu à mon concert.

— Excuse-moi, je n'ai pas pu, au dernier moment. Ça a marché?

— Un triomphe. On se voit?

— Je te rappelle.

Marion a appelé :

— Tu vas bien?

— Très bien.


Ce qui m'intéressait, oui, la nuit, dans les intervalles, c'était de me projeter dans tel ou tel moment. Que choisir? Enfant? Où? Dans quelle position? Guettant, courant, nageant, rampant? Le sexe, plus tard? Quand? Villes, campagnes, hôtels, appartements? L'instant précis? De près, de loin, quel contour? Pour tout cela, il faudrait des dessins, sans cesse, des gravures, des fusains, des gouaches rapides. Je comprends pourquoi le dessin, la lecture sont de plus en plus évacués, interdits : le système bloque l'accès direct au cerveau, escamote l'entrée physique dans l'inscription de mémoire. Il s'agit bel et bien d'enlever aux êtres humains la vision interne en même temps que le délié des doigts, le sens du toucher des traits, la résonance des verbes. On assèche le système nerveux, on le dresse au réflexe instantané des images transmises par clavier. Franchir ce barrage sera de plus en plus difficile, de même que ressaisir tel ou tel mouvement de soi. Il faudra s'entraîner très tôt, laisser aller, obtenir une conscience redoublée, tranquille. Poignets dans les poignets, œil dans l'œil. Je comprends pourquoi ceux qui comprennent plus ou moins la situation se droguent. Ils essaient de rentrer chez eux. Mais non, schnell, dehors.

Au fond, la messe, dans les temps anciens, c'était quoi? Un type qui s'abîme en extase devant un morceau de pain et un verre de vin, devenus, par la grâce d'une onde passant par sa voix et ses gestes, de la chair et du sang à consommer sur place. Plus extravagant, tu meurs. Au même moment, des milliers d'autres types faisaient pareil au vu et au su de populations entières. Cannibalisme exhibé casher. Entrée gratuite, cloches, regrettez vos péchés et mangez, ce qui est impur n'est pas ce qui entre par la bouche mais ce qui en sort, entendez-vous parler, nom de dieu, scandale pour les uns, folie pour les autres. Le plus étrange était que ce genre d'énormité ne semblait étonner personne. Ils préféraient déjà le cinéma, la radio, la télévision, n'importe quel bobard de journal. Pourtant, ils allaient quand même manger leur miette, se faire baptiser, marier, enterrer. Quant à ceux qui s'opposaient au spectacle, ils le manifestaient de façon trop violente, donc, en un sens, ils y croyaient davantage. Peu d'indifférents dans cette affaire. Il y a là une bizarrerie ou une hypnose dans les deux sens, pour et contre. Même histoire pour Bible et Juif : ils ne savent visiblement pas de quoi il retourne, mais ils en pensent aussitôt quelque chose, ils s'enflamment, ils sont attachés et rivés à ça, ils ont plein d'idées à ce sujet, rumeurs, plaintes, anecdotes. Vous agitez le truc, ils y mordent. Poissons.

Moi, je vais à la cave, là où la terre sent le vin, le bois, la durée moisie qui s'écoule, là où les parachutistes se cachaient derrière les grandes bibliothèques de bouteilles, pendant que, dehors, on marquait les bibliques comme du bétail. Iahvé, aide-moi, je fais silence dans ta retraite, je me réfugie en toi, tu es mon rocher et mon souffle, parle-moi dans ma langue, tu en as le pouvoir, débrouille-toi avec moi.

Iahvé, bien sûr, ne dit rien, ce qui plaide plutôt en sa faveur, mais ce rien n'est pas rien, voilà la surprise. « Dans un cellier, j'ai appris l'histoire. » Ou bien, je vais au grenier, vaste, poussiéreux, un monde. « Dans un grenier où je fus enfermé à douze ans j'ai connu le monde, j'ai illustré la comédie humaine. » Vieux portraits, photos jaunies, livres déchirés, piles de lettres à l'encre violette, lampes électriques, la nuit, dans les escaliers, les tiroirs. Ils dorment, je fouille. Ils sont sortis, j'étale et je lis. Non, je ne lis pas : j'écoute le froissement des papiers, ça suffit. Je suis dans les cuisines et les écuries, les garages et les appentis, dans les cours d'usine, les hangars vitrés près du port, les buanderies, là où ça se fait, là où sont les odeurs, le fond des couleurs, le goudron, l'essence, les tôles, la rouille, la sciure, le linge, la viande, les phrases non surveillées, les gestes en chantier :

À quatre heures du matin, l'été,
Le sommeil d'amour dure encore.
Sous les bocages s'évapore
L'odeur du soir fêté.

Là-bas, dans leur vaste chantier
Au soleil des Hespérides,
Déjà s'agitent — en bras de chemise —
Les Charpentiers.

Dans leurs Déserts de mousse, tranquilles,
Ils préparent les lambris précieux
Où la ville
Peindra de faux cieux.

Ô, pour ces Ouvriers charmants
Sujets d'un roi de Babylone,

Vénus ! quitte un instant les Amants
Dont l'âme est en couronne.

Ô Reine des Bergers,
Porte aux travailleurs l'eau-de-vie,
Que leurs forces soient en paix
En attendant le bain dans la mer à midi.

« Ce fut d'abord une étude, écrit Rimbaud.
J'écrivais des silences, des nuits, je notais l'inexprimable. Je fixais des vertiges. »
Voilà, c'est ça. Le livre ne m'a plus quitté.
« J'ai embrassé l'aube d'été. »
« Rien ne bougeait encore au front des palais.
L'eau était morte. Les camps d'ombres ne quit-
taient pas la route du bois. J'ai marché,
réveillant les haleines vives et tièdes, et les pier-
reries regardèrent, et les ailes se levèrent sans
bruit. »
Et ainsi de suite. Jamais deux fois le même
effet. Inépuisable. Source. Trésor.

Comment expliquer à Marion, aujourd'hui, qu'elle me fait penser à Maria, et à toutes les putains merveilleuses d'alors qui m'avaient élu (mais oui) pour être leur passe-temps, leur friandise, leur éclair au chocolat, leur moka, leur baba, leur premier communiant, leur chouchou de luxe? Et comment n'aimerais-je pas, moi, la scandaleuse eucharistie (du grec *eucharistia*, «action de grâce»)? Tant pis pour ceux qui veulent voir des symboles à la place de ce qui est là, devant eux. Blasphème, sacrilège? Mais non. Perversion? Pas comme vous pensez. Contradiction? Aucune. Séduction précoce? Ah oui! Encore! Toujours plus! De nouveau! Sans fin! Comment reprocher à de jeunes et jolies femmes obligées de se vendre le plus souvent à des porcs d'avoir leurs recoins, leurs replis, leurs consolations tendres, convulsives ou jalouses entre elles, et, s'agissant du petit curieux qui passe à proximité, d'avoir faim? Elles se vengent sur moi de leur oppression, de leur exploitation, mais non sans trouble, appétit vite oublié, pas vues pas prises, de quoi parlez-vous, vous inventez, vous exagérez, vous délirez.

Quel beau jour d'été. La sieste est un mot espagnol, du latin *sexta*, « sixième heure », repos pris après le repas de midi. Il fait chaud, les yeux brûlent, les arbres tremblent dans leur halo. Les draps sont souvent humides. Il faut faire attention aux bruits. On entend crisser le gravier, les mouches voler. Voilà, elles sont là, les filles, elles s'embrassent au-dessus de moi. Quelle joie dans les bouches, comme il est agile et précis, le désir des langues. Le lierre grimpe jusqu'à la lucarne. Quand on sort, ébloui sous le soleil, on tombe sur les lauriers et les magnolias.

Dans les livres, je cherche de préférence les passages dont je peux imaginer qu'ils ont été écrits à toute extrémité, griffonnés à la hâte, feu et vision brûlée, intérieur du rythme. Cet explorateur, par exemple, est perdu, il avait trouvé la solution de l'énigme, trop tard, il va mourir en plein désert, ou bien de froid dans les glaces. Non, il est sur un navire en perdition, l'océan est déchaîné, l'équipage est laminé par le scorbut (avalez beaucoup de citron, si vous ne voulez pas que vos dents tombent), le choléra, la peste, la lèpre. La baleine blanche apparaît, ou encore le grand fantôme du pôle, l'ancêtre de la banquise, l'abominable entonnoir. Un trou hante les vagues phosphorescentes, les remous s'élancent. Ce chameau est crevé, il faut l'achever, ce cheval n'ira pas plus loin, une balle dans la tête. Et les tempêtes de sable ! Et les scorpions ! Et les tribus avec leurs sagaies, leurs haches, leurs flèches, leurs danses ! Pôle nord, pôle sud, étoile polaire, Croix du Sud. Tout vient se concentrer sur ce corps-là, en tout cas celui qui croyait vraiment pouvoir voler dans les escaliers, flotter un ou deux mètres au-dessus des sols, des dalles, des parquets, traverser les murs, connaître des portes interdites dans les placards (surtout celui des fourrures), rester dans la forêt, la nuit, en faisant semblant de se réveiller le lendemain dans son lit ; celui qui voulait, en toute sincérité, ramener une preuve de ses rêves, une fleur, un caillou, et cette fois on y était presque, ferme vite la main, vite, vite, c'est réussi, c'est raté.

Ai-je été somnambule ? Je crois. Je me revois debout, une fois, sur une des terrasses, au bord du vide, les yeux brusquement ouverts dans le noir. Il fait froid. Qu'est-ce que je fais là ?

Oui, qu'est-ce qu'on fait là? On attend, on se cache, on veille, on rôde. Il faut trouver l'angle, la fente, le coin des rideaux, le rayon de lumière, le moment favorable où tout se condense et se laisse aller. Dès que l'été viendra, ici, maintenant, je me laisserai enfermer dans le grand jardin, comme autrefois. Je dormirai sur l'un des bancs noirs (là-bas, ils étaient rouges). Je repenserai aux portes, aux couloirs, aux serrures. À celle que je regardais se déshabiller, le soir, en montant sur le décrochage du toit, pieds nus sur le zinc brûlant, comme un chat. Tiens, l'écouteur s'est fait voyeur, sans cesse. Honte? Remords? Rien du tout. Le temps presse, aucun enseignement sérieux dans les livres, allusions, approximations, exaspérations, mauvaises descriptions, poésie diluée, fausses pudeurs, dégoûts trop prononcés, déchets, insanités. Serrures, oui, buissons, balcons, volets entrouverts, fenêtres. Leur sérieux, leur solennité résignée, leurs petits sourires pour elles seules dans les miroirs, tout cela est beau, excitant, accablant, pathétique, peignoirs, bains, démaquillages, lenteurs et torpeurs.

La nuit tombe, la sœur de Papa me prend le bras pour une promenade. Son sein gauche, sous le chemisier de soie blanche, à peine touché du coude (j'ai grandi), son hypocrisie calculée viennent faire vivre un mot qui lui va comme un nom de pays, *sournoise*. Sa peau douce et intouchée de déjà vieille vierge (elle a failli se marier, dit-on, mais elle se préfère, et j'entends sa circulation renfermée, timide, malsaine) frémit en douceur. Chair de poule. J'aime l'horreur d'être vierge : quelqu'un a écrit ça, c'est bien. Et *lavabo*, oh oui, lavabo (phrase magique entendue : « Tu aurais pu te finir dans le lavabo »). Et *bidet*, autre sonorité de luxe. Et gant de toilette, éponge, serviette, brosse à dents, peigne, chignon, épingles (jamais trop d'épingles), tout un bazar enchanté, quoi, les maisons devenues roulottes. Donne-moi la main gauche, ouvre-la : vie, cœur, tête, chance. Fais voir ta main droite : oui, c'est ça.

Pendant ce temps, la sœur de Maman, celle qui a été troublée par le mot «fornication», celle qui, depuis ce choc, aime bien me punir (mais chaque fois d'une façon trop nerveuse, hagarde), est en train de mourir. Elle n'a pas quarante ans. Cancer, enveloppe noire. Cet été-là, la mort donne au paysage des couleurs plus violentes, jamais les massifs n'ont été plus vifs.

La belle agonisante gémit et râle. On l'entend de loin. Dans les images qui me restent d'elle (j'en ai une devant moi, ce soir), elle a un œillet rouge dans ses cheveux bruns. Sa voix était précise, un peu métallique. Quand elle estimait que j'avais fait une faute, elle me regardait droit dans les yeux, me demandait de tendre la main, et la frappait de la paume, d'un coup sec, ponctuation, accord, rupture. Je n'ai jamais subi d'humiliation plus cuisante. Abolies, tout à coup, les lignes de vie, de tête, de chance, de cœur. Plus d'avenir, mépris, néant. Elle aimait ça, elle n'en abusait pas, cependant : rusée, connaisseuse. Elle respire encore dans cette photo en noir et blanc où les couleurs, bien entendu, sont plus fortes. En voilà une qui m'a détesté comme il fallait, donc aimé.

Comment s'appellent les autres, venant des campagnes ? Maria, donc ; Petra, son amie, basque comme elle ; et puis Thérèse, Jacqueline, Claudette, Madeleine, Denise. Avec les trois dernières, c'est vraiment n'importe où, caresses à chaque instant, le matin, l'après-midi, la nuit. Je leur sers, sans conclure, à communiquer entre elles, sans quoi elles n'oseraient pas. Je porte la bouche de l'une jusqu'aux lèvres de l'autre. Elles se dégagent, protestent un peu, rient, sont parfaitement au courant, acceptent. Le dimanche, je les entraîne à tour de rôle au bord du fleuve large et gris où arrivent les bateaux du nord. On rentre tard, le soir, le long des grands boulevards.

Papa est étrange. Il sait des choses qu'il ne dit pas de front, mais en se taisant, en indiquant, en montrant. On se promène parfois dans les bois, on cherche des champignons, il faut savoir discerner, au pied des pins, les cèpes, les girolles. La forêt, son tapis d'aiguilles, ses troncs, sa résine, ses clairières inexplicables, est brumeuse, mouillée, c'est l'automne. On trouve un peu partout des douilles de cartouches jaunes, il y a eu des mitrailleuses en action, des combats rapprochés directs. Il peut même y avoir, ici et là, attention, des mines non désamorcées, comme sur les plages. On avance doucement sur les feuilles, on se penche, on ne dit rien.

Il n'a jamais l'air fatigué. Il ne se plaint pas. Pendant la semaine, il se lève très tôt le matin, se rase, s'habille, s'en va, rentre, écoute des concerts à la radio, se couche. Il conduit la voiture, siffle ou chantonne, ne crie pas. Il ne croit à rien, ne rit pas facilement. Maman rit souvent, elle.

Il aime la préhistoire, l'archéologie, la chimie, l'astronomie. On va interroger les étoiles, la nuit, à l'Observatoire. C'est lui qui m'a offert le microscope qui est là, à côté de la lampe rouge, sur le bureau Flaubert. Sa bibliothèque était, comme lui, technique, sans appel. Il a très bien compris ce que je faisais à l'époque dans les coins, il ne m'a jamais dénoncé, tout ça n'a pas d'importance. Lorsque j'ai quitté le Sud, il m'a toujours envoyé de l'argent, en douce. Il est mort comme il a vécu, sans confidences. Le microscope, les gouttes d'eau, les étoiles, silence sur l'argent et la politique, musique et sommeil fermé, c'est tout.

À cause de Maria, il m'arrivera souvent, par la suite, de payer des filles pour faire l'amour, juste pour repérer ce qu'elles donnent *en plus*, par goût, fantaisie, caprice. C'est très beau, le moment gratuit, et la gratuité, au long du parcours, doit être vérifiée, sans cesse. On aura trop connu cette société où des hommes pseudo-compétents pérorent sur les pseudo-importantes affaires de l'heure, pendant que les femmes s'enfoncent ensemble dans des coussins pour se chuchoter des histoires d'enfants, d'animaux, d'aménagement du camp de concentration familial, de cuisine, d'école, de vacances, de gymnastique, de produits de beauté, de régime, de fringues; ou bien, mais c'est pareil, ces réunions où des femmes assènent leurs opinions ineptes, pendant que les hommes, accablés, feignent de les écouter, abrutis, fielleux, résignés d'avance dans leurs rôles de mère-sœur aînée ou de gigolo alter homo lymphatique. Une telle misère est inadmissible, et doit être, si possible, sanctionnée. Je ne sais pas, moi, renversez les assiettes ou les verres sans avoir l'air de le faire exprès, tachez la robe de votre voisine, la cravate de votre voisin, dites soudain des obscénités d'une voix très douce. Prenez la défense du terrorisme chez les uns, de la tradition chez les autres. Soyez en voyage. Et de nouveau en voyage. Observez les sols, les minéraux, les cristaux. Attardez-vous sans raison dans des périodes ignorées de l'Histoire. Faites de la logique, des mathématiques, visitez les morts. Prenez-les par la main, imaginez-les en train de vivre encore après cette épreuve sévère. Expliquez-leur posément que rien n'est grave, qu'ils sont pardonnés, lavés, qu'ils peuvent se laisser aller au clair de lune avant de retourner, sans aucun regret, à l'abîme. Accompagnez-les, aimez-les mieux qu'ils n'auront aimé leur bêtise. Prenez-les avec délicatesse dans vos bras. Ce sont des enfants, les morts, ils voudraient s'amuser, ils espèrent en vous, ils ont peur.

Pour aller plus loin, tout près, là où c'est nécessaire, il faut aussi traverser un barrage à haute tension, le sommeil paradoxal et ses rêves. Là, rien ne manque : impasses, labyrinthes, terreurs, apparitions sanglantes, oubli d'objets, détérioration des pièces d'identité, menaces d'arrestation, blocage des communications, stagnation, paralysies, absurdités en tous genres, caviardages, coupures, cassures, toute la mécanique du rien. Le rien est obligatoire. Il faut y passer. Tu te couches, tu laisses déferler le négatif emprunté. L'usure, l'intoxication se mesurent au nombre de voix étrangères qui se parlent en toi sans te demander l'autorisation. La damnation, ou, du moins, ce qui y ressemble comme cadavérisation agitée, c'est être *plein d'autres*. Studio, Babel.

On ne s'entend plus. On traîne. Les déplacements sont annulés. On a perdu ses billets. Les hôtels sont pris d'assaut, et voici des souterrains, des mansardes. Impossible de téléphoner, impossible d'être seul, ou alors c'est tombeau, caverne, cachot. La plupart du temps, c'est quand même plutôt, comme dans la réalité, un grand hôpital de fous. Les bricoles de tous les jours, en somme, mais forcées vers le bas, lourdes, pressantes, mesquines. La privation est là au départ. Des générations et des générations d'enfants réprimés se vivent dans votre vulnérabilité, votre impuissance à trouver la sortie d'embouteillages nauséeux et nuls. Un policier, autrement dit un adulte vengeur, se cache derrière chaque pilier. Ce que vous redoutez le plus se présente, évidemment, comme inévitable. L'aimantation destructrice est là.

La Société est un rêve.

Comme il vous reste un peu de conscience par en dessous, vous pouvez en même temps juger du désastre. Vous savez bien que tout cela n'a lieu que pour vous permettre de continuer à dormir, donc de vous reposer, que les rêves sont des réalisations de désir, vous connaissez votre catéchisme. L'apparente contradiction est là : plus la nuit aura été folle, tordue, mouvementée, effondrée, plus le réveil sera clair, déterminé, lucide. Parfois, ce que vous cherchiez à formuler ou à comprendre depuis des mois ou des années se présente en face de vous, bien transparent, bien à plat, ça s'enlève, ça se conçoit, ça roule. L'enfer, saisi, est une porte vers le paradis. Le purgatoire vous allège. Ces conversations pour rien, ces banalités pourries, ces reproches stupides, ces idioties forcées, ces pensées ou ces répétitions consternantes, vous dégagent le cerveau, la mémoire, les mains, les yeux. Vous êtes un creuset alchimique vécu, votre mort vous soutient, elle est salutaire, c'est un vendredi saint pitoyable, cellulaire, mais le samedi mystérieux en découle, et demain dimanche.

« Enfin, ô bonheur, ô raison, j'écartai du ciel

l'azur qui est du noir, et je vécus, étincelle d'or de la lumière *nature*. De joie, je prenais une expression bouffonne et égarée au possible. »

Rimbaud, à ce moment précis d'*Une saison en enfer*, recopie un de ses poèmes les plus célèbres en le corrigeant de façon très significative :

Elle est retrouvée !
Quoi ? l'éternité.
C'est la mer mêlée
Au soleil.

Mon âme éternelle,
Observe ton vœu
Malgré la nuit seule
Et le jour en feu.

Avant cette reprise, on lit : « C'est la mer allée avec le soleil. » Ce qui n'est pas du tout la même chose. De même «Âme sentinelle, / Murmurons l'aveu, / De la nuit si nulle, / Et du jour en feu » n'a rien à voir avec «Mon âme éternelle, / *Observe* ton vœu / Malgré la nuit seule / Et le jour en feu».

Plus de lendemain,
Braises de satin,
Votre ardeur
Est le devoir.

Qui ne comprend pas ce *déplacement énorme de détails* ne comprendra jamais rien à rien.

Du calme. Pour l'instant, vous n'êtes qu'un sac plein de détritus et de fausses nouvelles, une poubelle de phénomènes sans liens apparents. Et pourtant, la moindre allusion a un sens, chaque chiffre n'est pas là par hasard, il s'accroche, signale, souligne, c'est une usine démente mais très raisonnable qui n'a qu'une seule chose à dire : tout se paie, tout a un prix (c'est faux). Sinon : oubliettes, corps coulé dans l'acier, cendre dispersée, vingt mille lieues sous les mers (c'est de plus en plus faux). Voilà le poids, le couvercle, et vous m'en mettrez des siècles.

Les autres, de tout temps, sont là pour vous empêcher ? Normal. Toute conscience veut la mort de l'autre, en cherchant, du même coup, sa propre mort comme punition. Ah, je ne suis pas digne d'exister, mes mensonges ne m'abusent pas, c'est donc toi, l'autre, qui paieras ! Et puis moi ! Et tour de roue supplémentaire ! Parfois, l'un ou l'autre vous dit : «J'ai eu de drôles de rêves… violents… Je ne me souviens pas bien…» Leurs rêves, pourtant, s'écrivent sur leurs visages, ils les ramènent avec eux, on les voit sur eux.

C'est pourquoi, quand vous regardez quelqu'un, n'oubliez pas qu'il vient de ce fond de ténèbres, d'éboulements, de ralentissements boueux, d'aphasie, de crime ou de persécution subie, de mortification, d'aboulie, de transpiration dans les limbes. Ils ou elles ne veulent pas l'admettre ? Naturellement. D'où exhibitions, confusion devant les caméras invisibles, luttes pour le moi-moi, morale, territoires coincés de survie.

Mais écoutez-les bien : ils sont obligés de tout avouer, c'est clair.

Maintenant, je me lève, il est quatre heures du matin, la cour est calme, il pleut, je vais boire un verre d'eau. Je fume une cigarette, je regarde les rideaux, le mur.

Ombres de Jean, de Guillaume.

Je téléphone à Marion. Il est dix heures du soir pour elle. Elle vient de rentrer, elle prend un bain. On rit.

Tous ces squelettes virtuels, là, et le mien parmi eux, appartements, autobus, métros, avions, trains, voitures, trottoirs : quelle montagne. Mais on a beau leur montrer des charniers, rien n'y fait, ils font chaque fois comme si rien ne s'était passé. L'hypothèse est donc très sérieuse : ils vivent sous hypnose. Et toi, tu es réveillé ?

On dirait.

Bon, je douterai maintenant de tout, actes, pensées, appétits, rêves, désirs. Je mettrai entre parenthèses, à chaque instant, mes nécessités programmées, mes affections, mes amitiés, mes proximités, et jusqu'aux mots « mon », « ma » ou « mes ».

Dans le même temps, j'affirmerai tout cela, pour voir, d'après une négation sans limites.

Je ne tiendrai rien pour acquis ou allant de soi. Rien d'éprouvé ou d'assuré par d'autres ne me paraîtra sûr ou définitif. Je ressusciterai à chaque occasion la sauvagerie de ma sensation d'enfance, cette verticale, là, tout de suite, cette nappe de temps d'où je viens et vers laquelle je vais, l'oreille tendue et les yeux ouverts.

« Iahvé, n'ai-je pas en haine qui te hait ? Je les hais d'une haine parfaite. »

« Qu'ils tombent chacun dans son filet, pendant que moi, je passe. »

J'ai gardé peu de livres. Les *Psaumes*, voilà. Et puis : « N'eus-je pas *une fois* une jeunesse aimable, héroïque, fabuleuse, à écrire sur des feuilles d'or — trop de chance ! »

Jamais assez de chance.

Fin du vingtième siècle : vieux Grecs, Bible, Hölderlin, Rimbaud.

C'est par le circuit d'immigration clandestine, à travers les Pyrénées, que Maria est arrivée un soir d'été. Plus tard, je suis allé voir le lieu. Chemin de muletiers, petit refuge en pierres abandonné dans les rochers, pas loin d'un gave au bruit de torrent. Partout le vert sombre, humide. Elle est passée là, venant de l'autre côté.

Tout de suite, avec moi, ce sont les jeux, les poursuites. Pas un arbre contre lequel on ne se soit serrés, embrassés ; pas de buisson où on ne se soit cachés ; pas un bout de pré sur lequel on ne se soit caressés et roulés. Je revois le chemin blanc et roux, je devine, de nouveau, les animaux écrasés de chaleur dans les écuries, les étables. Les fruits mûrissent partout, la mare, sous les peupliers, abrite des grenouilles et un gros poisson que j'attrape de temps en temps avant de le rendre à l'eau noire. Tout était lent, bleuté, sans raison. Elle avait vingt-huit ans, moi quinze. On est là, sur le grand perron, en face du marronnier, je touche ses cuisses sous sa robe de toile, elle touche mon sexe, on ne parle pas, elle a l'air absent, visage offert à la nuit. Une grande indifférence apparente, *trop grande*, est l'autre nom du plaisir. Sinon, elle chante, elle danse, elle sait des choses. Les mots qu'elle emploie sont comme des cailloux.

Je me débrouillerai, ensuite, dans l'arrière-pays, grâce à elle, avec des phrases basques, des raccourcis d'argot espagnol. À New York, j'ai connu une Porto-Ricaine qui lui ressemblait comme une sœur. Pas de discours, utilisation du moindre moment libre, les gestes qu'il faut, la ruse. C'est une technicienne, elle a l'expérience. Je ne trouverai jamais mieux, même chez les professionnelles demi-gratuites de la belle époque, à Barcelone. Elle est très brune, elle a une odeur de pêche. Je ne peux que rarement dormir avec elle, dommage ou tant mieux. Comme elle est aussi indépendante que moi, ça ne semble pas la préoccuper beaucoup. Elle sort, elle n'aime pas vraiment les hommes, elle se moque aussi des filles toujours trop timides à son goût. C'est avec elle que je comprends comment n'importe quel lieu peut se transformer et devenir une scène qu'on attendait ou qui s'attendait elle-même. On réveille des murs, des oublis, des inattentions, des embrasures, des balcons, des matelas, des portes. Les désirs sont une musique continue qu'il suffit de ne pas recouvrir. Elle aime vérifier tout ça de ses doigts précis, et alors rapide sourire. Voilà, c'est bien, c'est dans l'axe. Tu as joui ? Bon, demain, même heure, même endroit ; promis. Elle ne vient pas ? Ce sera pour une autre fois, pas grave.

Pendant ce temps, les autres s'occupent de leurs affaires de pouvoir, inutile de se demander ce qu'ils veulent. Ils se mesurent, se jalousent, s'exploitent, se volent, s'usent, se tuent. Ils ne croient pas vraiment en Dieu, ils ont tort. Comment peuvent-ils ignorer que celui-ci a tout prévu, y compris le triomphe final de son peuple élu ? Pas la peine de s'inquiéter, soit que le Messie soit déjà venu, soit qu'il finisse par venir ou revenir un jour, quand nous aurons fini de lui créer des obstacles. Donc tu te dégages des humains suffrages, des communs élans, tu voles selon… Jamais l'espérance, science et patience… Plus de lendemain, braises de satin… Rimbaud a trouvé l'issue, pourquoi en chercher une autre ? Laissons, traversons, couchons-nous sans penser à rien. Réveillons-nous dans un autre espace, très gai ou très sombre. Renouvelons la notation. Ça ne dépend que de toi, voyons.

Stein, amusé :

— Donc le ministre de la Défense nationale de la République française, l'année de l'attentat contre le pape, à Rome, était un agent des services de l'Est ? Et la Momie ne pouvait pas ne pas le savoir ? Et l'information nous tombe du ciel ? Et tout le monde s'en fout ?

— Bien sûr.

— Qu'est-ce qui est spirituellement recommandé, ces temps-ci ?

— Le bouddhisme.

— Ah, c'est bien, les Chinois m'inquiètent.

Il rit.

On est en juin 1872. Rimbaud écrit le mot « juin » *junphe*. Le Paris de la Commune, dans la lettre qu'il écrit à son ami Delahaye, s'appelle, pour lui, Parmerde. Il habite une jolie chambre, dit-il, sur une cour sans fond, dit-il, mais de trois mètres carrés, tout près de la Sorbonne. « Là, je bois de l'eau toute la nuit, je ne vois pas le matin, je ne dors pas, j'étouffe. » Il regrette sa chambre de mai, rue Monsieur-le-Prince : « Maintenant, c'est la nuit que je travaince. De minuit à cinq du matin. Le mois passé, ma chambre donnait sur un jardin du lycée Saint-Louis. Il y avait des arbres énormes sous ma fenêtre étroite. À trois heures du matin, la bougie pâlit : tous les oiseaux crient à la fois dans les arbres : c'est fini. Plus de travail. Il me fallait regarder les arbres, le ciel, saisis par cette heure indicible, première du matin. Je voyais les dortoirs du lycée, absolument sourds. Et déjà le bruit saccadé, sonore, délicieux des tombereaux sur les boulevards. Je fumais ma pipe-marteau, en crachant sur les tuiles, car c'était une mansarde, ma chambre. À cinq heures, je descendais à l'achat de quelque pain ; c'est l'heure. Les ouvriers sont en marche partout. C'est l'heure de se soûler chez les marchands de vin, pour moi. Je rentrais manger, et me couchais à sept heures du matin, quand le soleil faisait sortir les cloportes de dessous les tuiles. Le premier matin en été, et les soirs de décembre, voilà ce qui m'a ravi toujours ici. »

Je « travaince » : du latin *vincere*, « vaincre ». *Veni, vidi, vici.* Travaincer n'est pas travailler. Ça vient tout seul, ou rien. Attention, je travaince, ce sera ma vengeance, et elle n'est pas mince. Tant pis pour ceux qui ne se doutent de rien et qui viendront même plus tard, comme Verlaine, essayer de me ramener au cachot dévot, « le chapelet aux pinces ». Là, nous sommes à Stuttgart, en 1875.

Souviens-toi de la rue Monsieur-le-Prince, Alix, quand on était si pauvres et si libres. Tu me reprochais de toujours travailler la fenêtre ouverte, tu avais froid. Tu partais me chercher, la nuit, dans les bars. Je rougis en repensant à ma grossièreté d'alors, à mes violences. Tu ne croyais pas à toutes ces histoires de Révolution, tu avais raison, tu avais tort. Il y a des moments où il faut avoir beaucoup tort pour avoir raison d'une autre façon qui ne sera jamais comptabilisée, tant mieux, peu importe. La plupart de nos amis sont morts, nos ennemis sont des morts vivants, ils ont gagné, ils écrivent l'histoire comme ils veulent, ils traînent, ici ou là, quelques survivants dans leurs spectacles de dérision. La défaite est dure et amère, mais nous n'avons pas voulu un autre destin. Pas de jugement, ici, chacun son silence. Avec qui parler? Comment s'expliquer? Laissons. Je te revois, un matin, m'empêchant de sauter par la fenêtre, et criant, et pleurant. La dose était forte. Je sens encore tes bras autour de moi, je devais jouer un peu, et toi aussi, le mensonge est là sans cesse, mais enfin on a fini par rouler par terre, chambre étroite, lit, quatre pattes sur le plancher, ta main sur mon front, ta désolation, ta réserve tellement plus criante que toute réprobation. Allons, debout, descendons prendre un café et regarder la rue vaincue et déserte. On va se fâcher avec un tas de gens, parfois les meilleurs, tant pis. Jeter l'éponge, nous? Jamais.

On ne cédera pas sur le fond, quelle que soit la forme qu'il prenne, et même s'il faut aller en apparence à l'autre extrême pour ne pas être coincés et piégés. La police, chérie, est la chose en soi. Filons ici, filons là. Bonne chance où que tu sois. Je t'aime.

Plus bas, vers la Seine, c'est le royaume d'Ingrid. Et là-bas, vers Monceau, celui de Maria, revue à Paris bien des années après, en cachette. Comment font-ils pour avoir une vie dite normale, observable, fixe, découpée, avouée? Pour dire «Ma femme et moi», par exemple? Pour ne déclarer qu'une seule adresse, un seul amour, un seul vice, une seule tombe? Pour se mépriser à ce point? Contrôle, contrôle. Le tribunal moral nous a condamnés? C'est dans l'ordre. Arnaud et Vincent ne comprendraient pas, Guillaume savait de quoi je parle. C'était juste avant le bouclage. Qu'est-ce qu'ils ont eu peur quand on y pense. Marrant.

Il y a des moments pour la verticale du temps, sa base réversible et fluide, quelques-uns sont à l'écoute, sortent, se déchirent, vivent trente ans en quelques mois, se suicident, délirent, s'enfoncent, mais en tout cas ils ne rentrent pas, ou alors ils font semblant, comme Guillaume. Pour la plupart des acteurs de l'aventure, c'était un amateur, un traître en puissance, un bourgeois opportuniste et inconséquent venu se mêler de ce qui ne le regardait pas, prolétariat, peuple, la vieille rengaine. Mais, dites-moi, ne s'agissait-il pas de *tout autre chose*? D'une nouvelle ouverture, d'un abîme? Vite, refermons la question, nous avons les réponses. Je suis parti, Guillaume a continué seul, avec les moyens du bord. Il a entendu et subi toutes les accusations : régression, récupération, compromis inacceptable, lâcheté, faiblesse, origine de classe, girouette, clownerie, superficialité, néant, la propagande négative à son sujet venant des deux côtés, normalisateurs et victimes. Entre deux feux, laminage classique. Il a répondu par l'ironie et l'humour, ce qui a aggravé son cas. Voyez donc ce bouffi ridicule, et qui, en plus, veut vivre maintenant *normalement*! Pas question, nous avons votre dossier, il est désastreux, de quelque point de vue qu'on se place. Tenez, vous aurez le droit d'exister, à condition d'incarner l'inconséquence. L'inconséquent, c'est bien vous? Il y a un rôle à tenir, là, dans la mécanique du cirque. Votre femme veut continuer à tourner dans des films? Vous avez un fils? Mettez-vous là, à droite, pas au premier plan, au second. Souriez, faites un mot d'esprit. Montrez votre culture. Oui, c'est ça, vous allez incarner la culture et les piteux résultats qu'elle provoque chez les individus immoraux qui ne sont pas, comme nous, d'origine modeste. «La race inférieure a tout couvert — le peuple, comme on dit, la raison ; la nation et la science [...], les remèdes de bonnes femmes et les chansons populaires arrangées [...], les divertissements et les jeux, le progrès. Le monde marche ! Pourquoi ne tournerait-il pas ? » Les dernières phrases sont de Rimbaud, bien sûr, et Guillaume les a recopiées dans ses carnets, sans commentaire.

Rien de nouveau sous les projecteurs. Techniques de domination, affaires, drogues diverses. Pour s'occuper de vous, on peut compter sur les repentis, les faux purs, les faux durs, les faux sans-taches, les vieilles filles et les vieux garçons du souterrain cloisonné par nos soins. Nos indicateurs — ô merveille — sont presque gratuits. Pas une vie privée n'y échappe. Que lit-il en ce moment? *Une saison en enfer.* Ah bon, sans danger.

Ce petit livre, donc, daté par l'auteur d'avril-août, 1873 *(avec la virgule entre les mois et l'année)*, a été publié en octobre de la même année, à compte d'auteur, par l'Alliance typographique, une association ouvrière de l'époque, 37 rue aux

Choux, à Bruxelles. Aux Choux, oui, à Bruxelles. Prix : un franc. Ce franc n'a pas de prix. C'est l'étalon-euro du futur. En octobre, donc, Rimbaud va à Bruxelles, descend à l'Hôtel Liégeois, emporte ses exemplaires d'auteur, abandonne les autres dans les magasins de l'éditeur (on les retrouvera en 1901), en distribue six (dont un à Verlaine, dans sa prison de Mons, après l'histoire du coup de revolver à Londres) et, presque aussitôt, après un passage à Paris, s'en désintéresse totalement. Qu'en dit la police sur le moment ? Rien. Cependant elle était là, puisqu'une fiche de renseignements à propos de Rimbaud note qu'il « est reparti furtivement le 24 octobre ». Ce « furtivement » m'enchante. Poésie pur flic.

— Commissaire, comment faut-il interpréter la phrase suivante : « Je ne regrette pas le siècle des cœurs sensibles. Chacun a sa raison, mépris et charité : je retiens ma place au sommet de cette angélique échelle de bon sens » ?

— Incompréhensible. Mais l'individu est signalé comme dangereux. Il a fréquenté les cercles révolutionnaires, il a été compromis dans une affaire de mœurs.

— Et ça, commissaire : « Le malheur a été

mon dieu. Je me suis allongé dans la boue. Je me suis séché à l'air du crime. Et j'ai joué de bons tours à la folie » ?

— Des mots ! Des mots ! Ces gens-là exagèrent toujours !

— » Et le printemps m'a apporté l'affreux rire de l'idiot. »

— Vous voyez, il se juge lui-même.

— « La domesticité mène trop loin. L'honnêteté de la mendicité me navre. Les criminels dégoûtent comme des châtrés : moi, je suis intact, et ça m'est égal. »

— Quel âge a le suspect ?

— Dix-neuf ans.

— Allons, allons, rêveries, bafouillages, élucubrations d'adolescent ! Aucune importance ! Ça lui passera ! Au suivant !

« Moi, je suis intact, et ça m'est égal. » La prédestination est quand même une hypothèse sérieuse qu'on a tort, comme ça, d'écarter du revers de la main. Avant d'être, j'étais peut-être. J'y suis, j'y suis toujours. À bien considérer la situation, je ne vois d'ailleurs aucune raison de débarrasser la scène sans continuer à être. Mis à part l'empoisonnement biologique auquel chacun est soumis, la tranquille évidence d'avoir été ce que je suis et de persister à l'être après, comme on dit, ma mort, envahit la pièce. Je formule cela posément. Apprécions sans vertige l'étendue de mon innocence. Il y a quelqu'un, ici, et il n'y a personne, et pourtant il y a quelqu'un. J'ai été damné, sauvé, redamné, resauvé ; la barbe. Un rayon de soleil vient réchauffer cette proposition. L'actualité ne me démentira pas, au contraire. Tout se passe comme prévu. La seule chose que j'aie à faire est donc de raconter, en passant, comment je m'en suis tiré à chaque fois, comme par enchantement. Les nuages blanc-gris d'aujourd'hui, là, tout de suite, sont les plus beaux, les plus convaincants que j'aie jamais vus. La nature pourrait s'ennuyer ? Vous pensez ?

On nous le fait croire, pourtant, la question est là. Même le vide, désormais, a changé de substance. C'est maintenant un océan frémissant, fleuri, d'où les particules, de virtuelles devenues réelles, surgissent, sautent comme des poissons avant d'y retomber en milliards possibles. J'étais là, je suis là, je serai ici ou là-bas. Cependant, le jeu moisit dans les circonstances. On finit par être déclaré mort parmi elles. La preuve, un petit tas d'ossements, un peu de cendre à jeter au vent. Une minute de silence, s'il vous plaît, au cas où vous en seriez capable. Si quelqu'un savait vraiment se taire, nous reprendrions confiance. Alix, je le sais, doit comprendre ça par moments.

Le récit ne peut pas se présenter en disant : j'habitais à l'époque une chambre dans la rue X ou Y avec A, mais plutôt : le lavabo, dans la salle de bains, était-il à droite ou à gauche en regardant la fenêtre ? De quelle couleur était la couverture du lit ? Combien de fois ai-je vomi, la nuit, en rentrant ivre ? Le poste de radio était-il sur la table ou bien sur la cheminée ? L'hôtel avait-il six ou sept étages ? Pouvait-on voir les arbres sans se pencher au-dessus du balcon, ou simplement dans le reflet d'une des vitres ? Posais-je l'argent sur la table de nuit pour apprécier d'un coup d'œil les aventures réalisables de la nuit suivante ou bien le laissais-je dans la poche de mon pantalon ? Quelle est la fille qui a fait le plus de difficultés pour partir ? Est-ce bien dans cette chambre-là que je lisais les *Illuminations*, ou bien dans cette autre, beaucoup plus loin à l'intérieur de la ville, où on couchait souvent à quatre ou cinq sur le tapis ? Dans laquelle y avait-il le plus de musique ? Quelle a été la logeuse la plus emmerdante ? Le logeur le plus con ? Et d'ailleurs d'où venait cet argent, puisque je n'en avais pas, ou à peine ? Il a bien fallu un tour de magie. Est-ce que je mangeais à ma faim ? Je crois. Les soûleries ? Gros vin rouge dans les cafés, sur le zinc. Les putes ? Faciles. Le temps ? Toujours pressant, puisque je me revois marchant sans arrêt dans des rues inexplicablement aimantées. Voici un plan de Paris, c'est simple : ici, le dix-septième, et Maria, là ; le septième, Ingrid ; le cinquième et le sixième, Alix. Et puis toutes les autres. Là, ce sont des cuisines, des baignoires, des douches, des peignoirs empruntés, des parquets, des feux de cheminée, des divans, des moquettes, bonne journée, à bientôt, il pleut, il fait beau, peu importe. Je suis dans des voitures, parfois c'est moi qui conduis. Tiens, on est sortis par l'autoroute, voilà la campagne. Pourquoi m'emmène-t-elle à Versailles, celle-là ? Une fantaisie. On est dans le parc du château, au petit matin, seuls. C'est l'été, on s'assoit dans l'herbe vers les Trianon. Je suis crevé, pas elle. C'est elle qui a les clefs. Mais parfois c'est beaucoup plus loin, chemins et forêts. Bon, en coupant à travers champs, il doit bien y avoir un train quelque part.

Je me souviens que Guillaume m'a dit un jour, en évoquant les différentes saloperies dont il avait été l'objet, que ce qui l'étonnait le plus, finalement, était l'imprudence de ses adversaires. «C'est curieux, ils se comportent avec moi comme s'il était exclu que j'écrive un jour mes Mémoires.» Il ne plaisantait pas. Le sous-entendu était que ses ennemis avaient peut-être raison de faire ce calcul d'impunité. On peut, si l'on veut, tirer des renseignements précis de ses romans, mais ce n'est pas la même chose. Les noms, les dates, les adresses, les trafics réels risquent de ne pas être déchiffrés par les nouvelles générations, étant entendu que tout individu, mâle ou femelle, qui parle de «sa génération» est un crétin qui veut déjà avoir de l'avancement dans la corruption. «Tu te rends compte, disait Guillaume, si je *nommais* cette canaille de L., cette vivante ordure de F., ce chancre de H.? Et ces pouffiasses de M., V., ou C.? Si je montrais vraiment *où* et *quand* cela s'est passé ? À travers qui et quoi ? Avec les comptes ? — Tu aurais des procès, ou bien on dirait que tu es devenu fou. — Oui, mais posthume ? — Tes héritiers renonceraient à publier, tu serais négocié, papiers brûlés. — Peut-être, mais une version mise en sécurité pourrait *circuler* ? — Pensable. »

Guillaume, à ma connaissance, n'a pas écrit ses Mémoires, ou alors ils sont quelque part. Il ne faut quand même pas laisser dormir trop tranquilles, parmi bien d'autres, L., F., H., M., V., et C.

— Commissaire, nous avons une description du suspect Rimbaud par son ancien amant.

— Ce doit être gratiné.

— Voici : « Lèvres sensuelles », « narines hardies », « beau menton », « superbe tignasse », « yeux d'un bleu pâle inquiétant », « beauté du diable », « ange en exil », « miraculeuse puberté », « un Casanova gosse mais bien plus expert en aventures », « gamin simple comme une forêt vierge et beau comme un tigre », « jambes sans rivales »…

— Quelle taille ?

— Un mètre soixante-dix-neuf.

— Amenez-le-moi.

— Il est reparti.

— Bande d'incapables !

— On ne savait pas que vous vous intéressiez à la poésie, chef.

— Mais je n'aime que ça ! Vous savez bien qu'on rééduque maintenant les prisonniers avec la philosophie morale et la poésie ! Ce beau gamin plein de vers ! Le laisser filer ! Minables !

La lutte entre conformisme et nihilisme, à supposer qu'elle existe (et il y a beaucoup de raisons d'en douter), n'est au fond qu'un pseudo-conflit entre deux sortes de mort. Les uns la veulent programmable, les autres ineffable et stable. Voilà les deux partenaires : ils s'entendent très bien, ils se mettent immédiatement d'accord contre toute forme de vie imprévue, libre, mobile. À ma droite, la mère de famille, le magistrat et l'éducateur partageant leur secret sourdement pédophile. À ma gauche, le révolté offrant son autodestruction aux trois autres. À ma droite, l'Être falsifié ; à ma gauche, le Néant rageur. L'Être falsifié vous dira que c'est comme ça et qu'il s'agit d'une loi. Le Néant rageur vous accusera de ne pas vouloir rendre l'Être falsifié à sa vérité. La morale les nourrit, les excite, les aigrit ensemble. Ils se flairent, s'entraident, se reproduisent. Et voici les vieilles valeurs pourries, et revoici la négation butée de ces mêmes valeurs pourries. Ce couple depuis longtemps est ivre. L'un prêche la sobriété, la chasteté, la rentabilité, la responsabilité ; l'autre vous appelle sans cesse à la liberté maximale dans l'égalité. La police va de l'un à l'autre, c'est sa fonction, protection ici, bombe là, simulation et dissimulation pour tout le monde (la Momie aura été un virtuose de ce va-et-vient). Les femmes oscillent selon les situations : bonnes gestionnaires du conformisme intégral, mais aussi camarades éprouvées de l'anéantissement ultime. Elles vous mettent parfois le marché en main avec beaucoup de clarté. C'est l'exacerbation, la passion, la fidélité, voire le saut dans l'évanescence, le suicide à deux, l'authenticité, ou alors la vie comme il faut, l'autorité, la respectabilité, les relations flatteuses, le dressage patient des enfants, le calendrier, le loyer. La plupart des hommes, de ce point de vue, sont évidemment des femmes. Que voulait Verlaine, allant jusqu'à se convertir pour mieux faire le poids, sinon *se marier* avec Rimbaud ? À quoi l'autre répond froidement : « Je ne me crois pas embarqué pour une noce avec Jésus-Christ pour beau-père. » On le comprend. Mais cette attitude a un inconvénient par rapport au Couple soudé conformisme-nihilisme. Le premier dira que vous êtes un monstre incompréhensible, le second que vous êtes un traître, un faible, un lâche et, finalement, moins qu'un homme, un Homais (c'est comme ça que Verlaine finit par appeler Rimbaud qui, lui, s'amuse à le traiter de Loyola). Ça veut de l'homme tout en disant le contraire, du mâle en prêt-à-porter. Saveudlom, saveudlom ! Morne plaine ! Surtout quand on devine que c'est uniquement pour le renfermer. On suit donc ce complot, depuis toujours, à travers Bourse et organes. On s'y habitue. Trop.


Ils aiment la mort, c'est certain. Les uns parce qu'ils pensent qu'elle renouvelle la vie dont ils se sentent indignes, les autres parce qu'elle sanctionne ce qui, à leurs yeux, est une usurpation de pouvoir. Les voici réunis, l'air grave, on dirait un conseil de famille. Ils se tournent le dos. Ils se haïssent. Ils s'aiment. C'est ainsi. N'allez pas leur dire qu'ils devraient passer à l'acte, s'empoigner une bonne fois et râler de plaisir les uns sur les autres en s'injuriant. Ils vous traiteraient d'illuminé, d'obscène. Ils vous tabasseraient, les uns en uniforme trois-pièces-cravate et robe du soir, les autres en blouson et châle. Leur hantise est l'unique, incarné au hasard sur des centaines de millions, celui qui pourrait prouver le ratage du plan, son gaspillage, ni dieu, ni maître, pas d'égal, pas de social. «Je vois que la nature n'est qu'un spectacle de bonté.» Ou bien : «Quelquefois, je vois au ciel des plages sans fin couvertes de blanches nations en joie.» Ou encore : «Je suis mille fois le plus riche, soyons avare comme la mer.» Non mais, pour qui se prend-il? «Je suis un inventeur bien autrement méritant que tous ceux qui m'ont précédé; un musicien même, qui a trouvé quelque chose comme la clef de l'amour.»

Hou, on l'aime! On le veut! À mort!


Maria : les yeux, les mains, le sourire. L'élégance gitane monte dans les genoux, les poignets, les doigts. Indifférence à tout ce qui n'est pas jeu immédiat, danse. Mépris de l'argent, de la graisse gluante autour du calcul. Son style dans la dérobade : aucune importance. Lourdeur, maladie, misère, mort? Tout ça n'a pas grand sens, là-bas, dans les montagnes. Elle me regarde, le soir, faire une traduction du grec : «Muses aux beaux yeux noirs, Muses aux vifs regards, chantez pour le bonheur des mortels, pour le salut des agiles vaisseaux quand les tempêtes d'hiver s'abattent sur l'océan implacable.»

110

Elle renverse les cahiers, les livres, on roule sur le tapis gris.

La maison de campagne jaune sombre est déserte, les vaches, dehors, meuglent dans le brouillard. On entend leurs clochettes, le matin, et puis rien, le vent. Le grand marronnier, devant le perron, est plein de moineaux dont les frôlements font vivre les feuilles. On vient de s'embrasser et de se toucher près de la rivière. La forêt ronde nous accueille. Je la porte un moment dans mes bras.

À Paris, on reste du côté des Ternes, place noire. J'habite, dans le quartier, un appartement très haut avec balcon circulaire, pas loin du bureau actuel de Stein. On a parfois rendez-vous avec des amies de Maria, des filles de là-bas, agitées, confuses, qui tentent d'escroquer comme elles peuvent les hommes d'ici. Maria les écoute un peu, s'énerve. De temps en temps, on en prend une avec nous.

L'hôtel de passe, plutôt luxueux, où j'emmène plus tard Ingrid, est aussi dans les environs. Je revois l'ascenseur, le visage fermé de la fille qui ouvre les chambres, j'entends le bruit des aspirateurs vers midi, quand on s'en va. Les draps sont entassés dans les couloirs, toutes les fenêtres sont ouvertes. C'est le printemps, l'été, on marche jusqu'au parc Monceau, on s'assoit sur un banc, je passe mon temps à lui mettre les doigts dans le nez, les oreilles. Un jour un homme passe près de nous et tousse : il l'a reconnue. On se promène, les Tuileries sont à elle. C'est avant Amsterdam, et la maison sur les quais, autre histoire.

Alix, c'est plus loin, presque sur la Seine, au-delà du Trocadéro. Beaucoup de choses en voiture (si le chiffon blanc, dans la boîte à gants, pouvait parler). Elle n'aime pas être chatouillée, j'insiste, elle se fâche, elle est sérieuse, soucieuse. Mais quel feu sous son manteau cosaque dans les escaliers, distance juste après, beauté pour s'en aller, fausse rupture, vite. Haussement de sourcils. Offense. Huit jours sans nouvelles, tactique classique. Et puis réconciliation, dîner chez elle, caviar, vodka, saumon fumé, thé, tendresse, caresses. Et puis de nouveau glacée. Et puis très gaie. Et puis le coup du rival, étudiant charmant, blond, américain, gentil comme un frère. Mais oui, il vient travailler chez elle le soir, et alors ? Et puis partie sans laisser d'adresse. Et puis de retour, comme si de rien n'était. Et puis franchement délicieuse, un rêve d'écaille, brune, légère, reflétée dans toutes les glaces du demi-bordel où je les emmenais au début de l'après-midi. Et puis discussions à n'en plus finir, pour le plaisir d'accentuer ou de contredire. On est finalement d'accord sur le Temps ? Alors, le Temps.

Reprenons : Vincent serait choqué de la façon dont je vois Alix, que je puisse mêler sa mère à des descriptions d'autres femmes. Pour Arnaud, le point incompréhensible est un père écrivain qui s'intéresse de plus en plus à la Bible ou à Rimbaud. Passe encore qu'il ait été révolutionnaire dans sa jeunesse, mais ensuite, vraiment, on perd le fil.

Je tiens donc mon équation : sexe, religion, poésie, pensée, comme éléments radicaux à éclaircir et à maintenir ensemble. Bien entendu, ces mots ne sont pas à prendre dans leur sens maintenant courant. Ce n'est pas la poésie idiote ou coincée qu'on nous débite de plus en plus faiblement depuis plus d'un siècle. Ce n'est pas l'affolement pornographique et ses manipulations. Ce n'est pas l'opium divin, sa pathologie, ses cris, ses grimaces. Ce n'est pas non plus la philosophie, ni, cela va sans dire, une variante de la psychanalyse ou de la psychiatrie, quoique la médecine ait ici son mot à dire. Pas question de folie, rien pour la perversion. Même pas besoin d'un masque de sagesse : « — et il me sera loisible de *posséder la vérité dans une âme et un corps* ».

Rimbaud, en conclusion d'*Une saison en enfer*, a eu ses raisons pour souligner ce membre de phrase. Pas de corps sans âme ; pas d'âme sans corps. La première critique s'adresse à l'avenir de la science, la seconde à la marée noire spiritualiste qui l'accompagne. Tyrannie et marchandise ? Ménage excellent. Monsieur Prudhomme et Madame, les amis de la mort, les arriérés de toutes sortes, occupent la scène. Bill Prudom, souriant, sucré, extatique, vous parle, et, par conséquent, toutes les catastrophes ont un sens. Les damnés ? « Je les connais tous, nous nous reconnaissons toujours, nous nous dégoûtons. La charité nous est inconnue. Mais nous sommes polis, nos relations avec le monde sont très convenables. Est-ce étonnant ? Le monde ! Les marchands, les naïfs ! »

Rimbaud a bien écrit le verbe « posséder », et il l'a souligné. C'est être démoniaquement possédé que d'imaginer qu'on a un corps sans âme, ou une âme sans corps. Posséder la vérité dans une âme et un corps est tout le contraire. Essayez.

À partir de là, Rimbaud devient en effet insaisissable et impossédable. Il est détaché. C'est

114

une situation qui va le mener assez loin, car son caractère va dans le sens d'une démonstration radicale. D'où tremblement de terre, légendes diverses, identifications foireuses, crises adolescentes, controverses métaphysiques, conversions, fausses conversions, mythes, excommunications, délires. *Une saison en enfer* a à peine plus de cent vingt ans. Ce n'est qu'un début, l'aventure se poursuit d'elle-même. La poésie est un roman dont l'histoire ne demande qu'à se raconter. C'est une expérience, une méditation, un acte : « Ce fut d'abord une étude. J'écrivais des silences, des nuits, je notais l'inexprimable. Je fixais des vertiges. » Une étude, entendons-nous bien : on est studieux en musique. « Il n'y a personne ici et il y a quelqu'un : je ne voudrais pas répandre mon trésor. » Ce n'est pas tous les jours qu'on remonte de l'enfer, le vrai, l'éternel, celui qui, de loin, brûle les vierges folles. Regardez autour de vous : c'est pareil.

Arnaud s'est mis à lire une biographie de Rimbaud. Vincent me demande de plus en plus souvent de lui parler de musique. L'autre soir, un peu par provocation, je l'ai emmené écouter un assez bon chanteur de flamenco. C'est le cabaret que m'a fait connaître Maria autrefois. Il existe toujours, il faut venir tard, pour les improvisations après le spectacle. Le type et les filles revenaient d'une tournée au Mexique, «Dios mio!». «Tu sais taper des mains comme eux?» m'a dit Vincent en me voyant esquisser le geste. Je lui ai répondu que je m'étais, il y a longtemps, beaucoup baladé en Espagne. Je n'allais quand même pas lui dire qu'une partie passionnée de ce pays s'était incarnée pour moi, bien avant de connaître sa mère, à deux pas d'ici.

J'ai pas mal voyagé, ces derniers mois, il a fallu courir d'un avion à l'autre. Il y a des moments où je me dis que la Centrale veut juste nous fatiguer pour nous fatiguer. L'usure, voilà le programme. Il faut l'accepter ou se retirer.

Je rentre d'Espagne. J'étais la nuit dernière à Barcelone, la réunion avait lieu dans une villa de la côte entourée de pins. La discussion est presque toujours la même : «Vous maintenez vos positions? Ce n'est pas amical. — Je sais, mais nous ne pouvons pas faire autrement en ce moment. — Vous devriez essayer de comprendre nos difficultés. — Nous avons les nôtres. — Vous attendez des changements politiques? — Si vous voulez.»

Pourquoi faut-il se déplacer pour échanger des banalités pareilles? C'est le mystère des Services. De temps en temps, ils décident qu'il faut un minimum de théâtre réel, que les person-

nages se voient en chair et en os, comme autrefois, avant que tout devienne virtuel et instantané. C'est le «moment de réalité». Machin,
allez me faire un peu de réalité à Barcelone. Ou
à Naples. Ou à Hong Kong. «Comment les avez-
vous trouvés? — Débordés. — Ils attendent un
changement de gouvernement? — C'est ce
qu'ils disent. — Pourquoi souriez-vous? — Parce
que c'est l'ancienne structure qui revient. —
Sous un jour nouveau? — À peine.»

Sourions, donc. Le jour est toujours nouveau.

Au retour de la réunion, j'ai fait arrêter la voiture sur la Rambla de las Flores, en l'honneur
d'autrefois et d'Ingrid. La ville ne se couchait
pas, alors, nous non plus. On dormait le jour, à
cause de la chaleur, dans cet hôtel qui a disparu,
l'Oriente, aux murs épais blanchis à la chaux,
aux corridors frais et interminables. On vivait la
nuit, et on faisait quoi? Rien : marcher, boire,
regarder, écouter, parler, faire l'amour, dormir,
parler, faire l'amour, dormir, parler.
Tout finissait vers le port, vers trois ou quatre
heures du matin. La foule était partout, on man-
geait des sardines grillées près du phare. Je
revois Pablo, le passeur de livres anarchistes, et
Juan, le catholique monarchiste cinglé. Le premier est devenu un notable socialiste de Madrid,

118

l'autre s'est découvert nihiliste de choc. Les anciens communistes sont désormais progressistes, les fascistes ultra-libéraux, les libéraux se présentent comme socialistes, les cléricaux sont de plus en plus humanistes et les humanistes de plus en plus humanitaristes. Rien de nouveau sous le soleil du toujours nouveau. Tout doit changer pour que rien ne change, a dit une fois Lao-tseu dans un moment de bonne humeur. La lune se levait. Les disciples écoutaient. Une grenouille, soudain, sauta dans la mare. Le Saint fit un geste de la main, et tout le monde comprit ce qu'il voulait dire. C'était pourtant une époque atroce, comme d'habitude. Le plus borné des disciples dit qu'il avait rêvé du Saint : il l'avait vu successivement en rat, en cloporte, en chien crevé, en calamar, en hyène calligraphe, en vipère lubrique, en pintade en robe du soir, en fromage pourri, en corbeau. Devant ce récit frénétique, le Saint se taisait. Le disciple transpirait, haletait, écumait ; ses yeux verdâtres fuyaient sans cesse à droite et à gauche. Il finit, en vrai possédé, par tomber par terre, agité de convulsions, la bave aux lèvres. Puis, se relevant, très calme : «Je vous salue, ma Reine», dit-il au Saint. Personne ne rit. Ces situations, alors, étaient courantes. Les romans du temps en sont pleins.

Le Saint chinois, on s'en souvient, recherche le vide parfait. Il livre son cœur au vide, il sort de tout espace, il va son chemin là où il n'y a pas de porte, il voit ce qui n'a pas de forme, il n'est pas attaché au temps. C'est pratique. « L'homme semblable aux esprits monte dans la lumière et les barrières du corps sont consumées. Cela, nous l'appelons sombrer dans la lumière. Il développe à l'extrême les forces dont il est doué et ne laisse pas une seule qualité sans l'épuiser. Sa joie est celle du ciel et de la terre. Toutes choses et tous liens disparaissent ; toutes choses reviennent à leur condition primitive. Nous appelons cela s'envelopper de ténèbres. »

Maintenant, je classe mes notes à Paris, je regarde le printemps envahir la cour.


Nina ne travaille plus au restaurant, elle est partie en province. À la Centrale, les remous négatifs se font, se défont. Les phénomènes sont de plus en plus décentrés, incontrôlables. J'admire Stein : il croit à une logique de commande, lui, causes, effets, action. En réalité, non, je ne l'admire pas, je le trouve naïf comme tout le monde. Il se raconte un film, il a besoin d'y croire pour ne pas tomber. C'est le cas de la plupart : ils sentent le trou, ils tournent autour en inventant des rapports entre l'événement A et l'événement G, en ne tenant aucun compte qu'entre A et G, B, C, D, E et F ont déjà multiplié les accumulations latérales. Une fois arrivé en G, A a disparu, et G n'est déjà plus G. Pauvre Stein, si intelligent, si actif. Il lui reste à abuser les clients qui raisonnent comme lui. Il y en a encore beaucoup.

Je lui rédige des rapports irréprochables. Exemple : Belzébuth. Sacré Belzébuth ! Avoir été l'un des hommes politiques les plus puissants d'Italie pendant un demi-siècle, et être mis en accusation comme un vulgaire mafieux ! Se retrouver coincé par des témoignages de Palerme ! Porter le chapeau de tous ces assassinats ! Opération savonnette ! Belzébuth et la Momie, un des couples les plus gris et gri-gris de l'énorme voyage au bout de l'ennui !

Je le revois, celui-là, insecte, élytres, lunettes, sauterelle-bourdon, pas de sang, style clergé d'autrefois... Quel contraste avec son partenaire principal en corruption, le rebondi plein de morgue, nouveau nanti socialiste... Inutile de mettre des noms, les suivants sont déjà là, en poste... Bien entendu, tout le monde fait semblant : magistrats, policiers, criminels, pseudo-repentis, services secrets, Interpol, CIA, ex-KGB, dessous d'Émirats instables... Poudre aux yeux, piqûres, flashes, frigides bacchantes... Un des principaux témoins contre Belzébuth est un ancien barman ; il a vu, de ses yeux vus, l'Honorable et Intouchable Sénateur à vie, gardien des valeurs de la république, avec un des principaux parrains du coin, là-bas dans le Sud... Belzébuth dément aussitôt, il se fait photographier au côté de la nomenklatura internationale, Bill Prudom et Madame, la Momie déjà à demi mourant, l'Allemand mastodonte, le Japonais mis en examen, le Russe ivre mort... Le truand s'indigne : «Invention des journalistes!» La femme du truand le quitte... Le Saint-Siège ne prend plus Belzébuth au téléphone et lui fait conseiller discrètement de ne plus se montrer le matin à la messe... Les Émirats veulent récupérer leurs dossiers... Le Mossad souffle sur le feu... L'ex-KGB menace... Les islamistes s'annoncent au concert... L'administration américaine désavoue ses anciens agents... Stein est sur les dents... «Allez, un *moment de réalité* à Rome ! Vous étiez bien là, autrefois, plutôt au contact ? — L'obscurité s'accroît. — *Sous un jour nouveau*, tout est là. — Vraiment, c'est très sombre. — Marchez au nez, au nez ! À la cloison nasale ! Tiens, voilà une nouvelle école de navigation à fonder, l'École nasale ! »

La vieille affaire Belzébuth est en réalité aussi démodée que les crises de la Momie préparant son transit vers l'au-delà... Cinquante ans de cinéma, ombres blanches... Passez, cadavres lamentables, crânes éclatés, flaques de sang sur les trottoirs, voitures explosées, corps déchiquetés, petite silhouette de Jean basculée en avant dans l'herbe d'un parc de Zurich... Effacez-vous, cris des innocents mal indemnisés, veuves louches, mères inconsolables sur fond de télé, enfants vaccinés à la terreur, témoins tremblants, grosses coupures cachées dans les caves... «Dites, c'est quoi, ces attaques contre Venise? — Vous savez bien qu'ils n'arrivent pas à identifier notre antenne là-bas. — Ils n'ont personne sur place? — Ils n'arrivent pas à s'implanter, le port leur échappe. — Jalousie sicilienne? — Napolitaine. — Américaine? — Arabo-russo-américaine. — Les Anglais restent avec nous? — Une fois sur deux. — Les Israéliens? — Une fois sur trois. — Les Allemands? — Ça va mieux. — Les Asiatiques? — Excellents, mais chers.»

Oui, le printemps. Paris est quand même la cerise sur le gâteau empoisonné de la planète. Un tour à Venise, donc, pour vérifier que *le bateau est bien amarré* et, de nouveau, studio. Les

roses et les lilas ont fleuri. Les merles sifflent.
Les boulevards sont lumineux et verts.


Edgar Mitchell, l'un des premiers astronautes
à découvrir le cosmos depuis la navette *Apollo14*,
aperçoit la Terre de loin : «Soudain, dit-il, derrière la bordure de la Lune, émerge un éblouis-
sant joyau... Une légère et délicate sphère bro-
dée de voiles blancs, qui tourbillonne lentement
et s'élève par degrés comme une petite perle
dans une mer noire...» Style poétique, n'est-ce
pas? Une perle. Trois cent mille kilomètres par
seconde pour la voir. Vingt-sept mille kilomètres
par seconde de rotation sur elle-même (en ce
moment même) pour la ressentir de l'intérieur
suspendue en l'air. Une perle vive. Un éblouis-
sant joyau, sous forme de boule toupie, avec ses
océans plaqués, ses continents, ses montagnes,
ses déserts, ses villes. Et puis, microscopique
fourmilière, là, Paris, juste ici. En approchant
par avion, par beau temps, on distingue avec
netteté l'axe triomphal Louvre-Défense. L'obé-
lisque est à sa place, bite de sphinx. Tiens, voilà
Notre-Dame et la Seine. Les braves gens se por-
tent bien, les assassins aussi. Des flots de merde
circulent dans les tubulures, des milliers de mal-
veillances s'échangent au téléphone, mais aussi

des miaulements d'amour plus ou moins simulés, des ordres de vente, des piaillements bavards et des SOS. Tapez le code visiopasse, amorcez la descente, posez-vous, reprenez vos jambes, marchez, circulez.

« À droite l'aube d'été éveille les feuilles et les vapeurs et les bruits de ce coin du parc, et les talus de gauche tiennent dans leur ombre violette les mille rapides ornières de la route humide. »

Ou encore :

« Aux côtés, rien que l'épaisseur du globe. Peut-être les gouffres d'azur, des puits de feu. C'est peut-être sur ces plans que se rencontrent lunes et comètes, mers et fables. »

Rimbaud note aussi qu' « aux heures d'amertume », il s'imagine « des boules de saphir, de métal ». Il ajoute aussitôt : « Je suis maître du silence. »

On classera un jour les très rares romans méritant de survivre selon leur sphéricité de saphir, de métal ; leur absence de pesanteur ; leurs capacités de silence.


Une seconde après le big-bang, donc, l'univers, passé d'une dimension microscopique à une grosse orange, se transforme en une soupe bouillante d'électrons et de quarks. Cinq cent mille ans après, dieu soit loué, voici les protons, les neutrons. Un million d'années s'écoulent et, alléluia, le voici transparent, l'univers, on a eu chaud dans les ténèbres de la contraction matricielle, les radiations sont là, le bon vieux rayonnement fossile. On peut dès lors s'avancer avec calme vers trois milliards d'années, traverser les quasars (allô ?), puis se doter de la plupart des galaxies connues, y compris la Voie lactée où, avec un léger retard, le spectacle s'ouvre enfin sur le Soleil (oui, celui-ci, sur ma gauche) et les planètes (oui, celles-là, à côté de moi).

Comme le dit saint Ignace de Loyola (plus proche de Rimbaud que de Verlaine) dans le cinquième point de son deuxième *Exercice spirituel* : « Cri d'étonnement avec grande émotion, en passant en revue toutes les créatures ; comment elles m'ont laissé en vie et m'y ont conservé.

« Les anges, comment il se fait qu'étant le glaive de la justice de Dieu, ils m'ont supporté, gardé et ont prié pour moi ; les saints, comment ils ont intercédé et prié pour moi ; les cieux, le Soleil, la Lune, les étoiles et les éléments, les fruits, les oiseaux, les poissons et les animaux ; et la Terre, comment elle ne s'est pas ouverte pour m'engloutir, créant de nouveaux enfers pour que j'y souffre pour toujours. »

126

C'est ça, crions et prions. Et allons déjeuner, avec Marion, au Crillon.

Marion, c'est une drôle d'histoire. En principe, rien n'aurait dû se passer, jamais dans le travail, règle d'or. Forte attirance, mais sans plus, baisers sur la bouche (fermée), bras dessus, bras dessous, gaieté, sérieux, amitié. Son idée, exprimée deux ou trois fois, regard au loin, était qu'on « vieillirait ensemble ». La suggestion comportait pêle-mêle : cohabitation distanciée, goûts communs, concerts, confort, mélancolie partagée, voyages, humour, croisières. Rêve de femme : le compagnon chic et discret des vieux jours (enfin, pas si vieux), le mari réhabilité qui n'a même pas besoin d'en être un (enfin, on verra), chacun ses comptes, mais cadeaux quand même, une sorte de mère solide, quoi, mais présentable en public sous forme d'homme, c'est plus naturel, commode, on connaît le film. Il ne me déplaisait pas, le programme de Marion, je le trouvais reposant, plausible. Tout le monde, un jour ou l'autre, a besoin de confiance, de temps mort habillé en vie, de jardin, d'espace mental allongé tranquille. Marion avait son ancien mari, ses deux enfants, ses amants ; moi, mon existence en transit. Un jour, donc, là-bas, pourquoi pas ? Où ça, d'ailleurs ? Marion penchait pour New York, c'était clair. Elle me voyait rentrant chez nous au vingtième étage près de Central Park, voilà, on prend un verre, elle me raconte sa journée, on va dîner, on se couche chacun de son côté, à demain, tu as bien dormi, jus d'orange, œufs, café — et puis ?

Il y avait deux moments difficiles à imaginer : celui du coucher (une ou deux salles de bains ?), le programme de la journée (qui reste là, qui sort ?). Non, il faut plutôt deux appartements, chacun rentre chez soi pour dormir. Mais alors l'intimité, le mélange, l'identification rêveuse ?

Je sentais qu'elle avait quatre ou cinq versions en couleurs du scénario et qu'elle les remettait à plus tard. L'arrêt sur image pouvait se produire : a) après le déjeuner, on est en Italie, il fait chaud, on vient de se baigner, c'est le redoutable moment de la sieste ; b) après le dîner, on est à New York, la soirée a été très animée avec des amis, elle a une jolie robe qui l'a mise en valeur, les hommes l'ont désirée, elle s'est moquée d'eux, elle a fait sa petite fille, elle est excitée, elle est blottie contre mon épaule dans le taxi qui nous ramène, je viens de l'embrasser doucement, et alors ?

Big-bang ou pas, disparition de la littérature ou pas, la question reste la même, c'est-à-dire comment se soumettre à l'épreuve de vérité. S'y dérober est, à la longue, impossible. S'y livrer est peu souhaitable, puisque les conséquences sont toujours les mêmes, à toutes les époques, sous toutes les latitudes, et quel que soit le système de coordonnées. Le mieux est de ne rien décider, de laisser aller.

J'étais surtout curieux du moment où Marion ouvrirait la bouche, de son souffle en profondeur, de l'agilité de sa langue. Je savais qu'il faudrait y mettre du sentiment. Elle ne devait crier que bien serrée, accentuée, bouclée, comme abandonnée pendant son sommeil. C'était ça. Cri plus profond que prévu, plus rauque. Il y a toujours quelqu'un d'autre chez une femme, quelqu'un qu'elle ne connaît pas.

L'amitié a continué, à cause de cette division en elle. Marion fait l'amour pour dormir (« Masse-moi un peu le cou »), le reste du temps elle est on ne peut plus réveillée, précise, sûre, constante. Parfois, elle rit trop : elle a besoin d'aller au lit. C'est une sœur, elle oublie mes défauts, mes absences, elle m'a classé « sécurité », comme l'un de ses fils. Je peux faire aussi semblant d'être le père ou le grand frère qu'elle n'a pas eus, chaud, rassurant, connaisseur de femmes, lui rapportant leurs traces imperceptibles, à condition qu'il n'en soit jamais question, bien sûr. Pas de lutte à mort, pas de destruction réciproque, enfin, le moins possible, restons sérieux.

C'est ainsi qu'un matin de mai, à sept heures trente, par très beau temps bleu et rose, le *Pacific Princess*, de Londres, entrait dans Venise par la Giudecca. Sur le pont, parmi les voyageurs regroupés pour découvrir la vue, on pouvait voir un homme français blond, d'une cinquantaine d'années, assez grand, un peu enveloppé, et une petite femme châtain, une Anglaise de quarante ans environ, serrée contre lui. Lui descendait à Venise, elle continuait vers Chypre. Personne n'aurait pu soupçonner la nature réelle de leurs activités. Ils avaient l'air mal réveillés et heureux. Bon vent, les amants amis, on ne dira rien à la Centrale, c'est promis.

Pas plus que les Vénitiens, les Parisiens ne connaissent leur chance. Parfois, tôt, je sors du studio, je prends l'autobus, je laisse filer les stations, je descends vers le Champ-de-Mars, je marche. Les fenêtres sont ouvertes, elles brillent, les corps habitent vraiment ces maisons. Je vais revoir des endroits où j'ai vécu autrefois. J'entre dans un immeuble, je monte, je sonne, une femme entrebâille la porte, un coup d'œil suffit, pardon, j'ai dû me tromper d'étage. La dernière fois, du côté du Panthéon, un petit garçon blond s'est montré sur le seuil. J'ai eu le temps de voir que tout avait été repeint, mobilier design, tables et canapés noirs. Titre de la séquence : écrivain, honorable correspondant, sur les traces de sa jeunesse trouble. On n'a pas l'impression qu'il soit autrement ému. Sous le béton, la plage. Sous les cheveux blanchis, un sens plus profond des couleurs.

Les Services britanniques sont, avec ceux du Vatican, les plus anciens du monde, ce qui veut dire que leur mémoire a plus de quatre cent cinquante ans. Leurs archives souterraines couvrent l'histoire de l'Europe et du globe. Des millions de rapports sur la Chine, les Indes, les États-Unis, le KGB, la Gestapo, l'Abwehr, les services italiens, l'intimité des rois, des princes, des financiers, l'organisation complète des résistances française, grecque, yougoslave, la vie privée des émirs du pétrole, des mollahs islamiques, des chefs coutumiers d'Afrique. Dans l'ouest de l'Angleterre, Cheltenham, surnommé le Joyau de la Couronne, emploie dans son centre d'écoutes dix mille personnes, quatre mille sur place, six mille à l'étranger. Le Centre intercepte, décrypte et analyse en permanence tous les messages politiques, diplomatiques et commerciaux émis par les puissances étrangères. Les trois principales centrales du dehors se trouvent à Berlin, Chypre et Hong Kong. Mais il y a aussi l'Afrique, les Seychelles et, bien entendu, les relais des principales ambassades britanniques. Les réseaux, pendant la Seconde Guerre mondiale (marquée par la pénétration de la machine à chiffre hitlérienne *Enigma*, grâce à un mathématicien de génie, Turing), s'étendaient de Brest à la frontière russo-polonaise, de Tanger au Caire, de la Finlande à Damas, de la Roumanie à l'Inde, jusqu'au Pacifique. L'affaire Burgess, Philby, Mac Lean, Blunt, est loin, maintenant, même si on n'en a jamais connu que le dixième du quart. Si vous voulez en savoir davantage, téléphonez donc à Stella Remington ou à Pauline Neville-Jones, de la part d'Othello, de Troïlus, de Cressida, ou encore, mais seulement dans les cas urgents, d'Antoine ou de Cléopâtre. S'il y a carrément le feu, dites Rimbaud.

Ne vous fiez pas à l'informatique, les pirates sont trop nombreux, les virus pullulent. Non, le

bon vieux téléphone, en pleine rue, avec identification de la voix. À votre façon de chanton-
ner *If Music Is the Food of Love*, on saura qui vous
êtes.

Tu te souviens, Marion, des promenades dans
Hyde Park au petit matin, après une nuit de travail ? De ces canards comme il n'y en a nulle
part ? Du passage de la garde à cheval, si comi-
quement suivie d'un policier femme ? « L'accès
aux renseignements ultra-confidentiels sur la
Résistance française ? Vous êtes sûr que vous
pourrez les supporter ? Vous cherchez quoi, au
juste ? La trace d'une femme ? En 1942 ? À Bordeaux ? Bon, bon, on va voir. Mais n'en parlez
pas au milieu politique français, on a assez ri
comme ça. Quoi ? Les archives des années 1870 ?
Sur les étrangers à Londres après la Commune
de Paris ? Comment dites-vous ? Rimbaud ? Le
poète ? Mais ce doit être à la campagne, tout ça !
Spectres ! Poussière ! Magma ! »

Il faudra bien, peu à peu, rendre justice aux
femmes de la famille Rimbaud, s'étonner symé-
triquement du culte d'appropriation dont elles
ont été l'objet, ou, au contraire (mais cela
revient au même), du rejet passionnel et mépri-

133

sant qui les frappe. Voilà, c'est le cas de le dire, une histoire de tous les diables. Il faut donc être un peu diabolique pour la raconter.

Prenez Vitalie, par exemple. Non, pas la mère, Vitalie Cuif, mais sa fille, l'une des deux sœurs cadettes d'Arthur, morte à dix-sept ans, en 1875 à Charleville. Ouvrons son journal intime, à la date du 5 juillet 1874, elle vient d'arriver à Londres :

« Les côtes d'Angleterre s'offrent bientôt à notre vue ; elles sont couvertes de quelque chose d'un blanc-jaune semblable à du soufre ; ce doit être la mer qui produit cet effet. »

Vitalie voit la mer pour la première fois. Après le bateau, le train, et « voici Arthur qui nous attend à la gare et qui nous emmène dans quelques rues avoisinantes pour nous permettre de donner un léger coup d'œil tout autour de nous » (« nous » : elle et sa mère).

Quelle surprise ! Quelle animation ! Tout cela, pour une petite provinciale, est si nouveau, si fatigant. Le lendemain, « Arthur nous conduit voir le Parlement. Il y a la statue de Shakespeare, les gardes de la reine, la Tamise sillonnée de bateaux remplis de promeneurs ». Le soir, « Arthur nous engage à assister à un sermon qu'un prêtre protestant doit faire dans l'église Saint-Jean. Qu'irions-nous faire à un sermon anglais ? » Pourtant, le 8 juillet, Vitalie sera très

134

impressionnée par la cérémonie qu'elle voit à la cathédrale Saint-Paul. Arthur était-il là ? C'est probable.

En tout cas, le lendemain, à six heures du soir, le voici qui rentre du British Museum, « bibliothèque et musée, et qui nous conduit dans de nouvelles rues toutes admirables, soit par leurs beaux édifices ou magasins, soit par leurs charmants petits jardins tout remplis ». Arthur est si gentil qu'il offre à sa petite sœur chérie (elle a juste seize ans, lui vingt) une glace à la crème. Le soir, il l'accompagne jusqu'au parc : « Le parc est délicieux, c'est une oasis, un paradis. Du mal pour trouver un banc, car tous étaient occupés. Arthur me fait boire à une fontaine d'une eau fraîche, exquise. » Arthur se débrouille très bien en anglais, il arrange tout. Mais qu'on est bien sur un banc, à l'ombre, avec son grand frère !

Et voici le 11 juillet :
« L'après-midi, je me sens mieux qu'à l'ordinaire, je suis gaie. Arthur me sourit. Il me demande si je veux l'accompagner au British Museum. Là, nous avons vu une foule de choses remarquables... La bibliothèque, où les dames sont admises aussi bien que les hommes, compte trois millions de livres. C'est là qu'Arthur vient si souvent. »

Vitalie est désarmante, vraie, innocente, char-

mante, comme sa sœur Isabelle, restée, elle, en
France au pensionnat du Saint-Sépulcre (elle a
quatorze ans). Va-t-on reprocher à cette jeune
Française de ne pas avoir remarqué sur-le-
champ, à la bibliothèque du British Museum, un
barbu énergique qui n'arrête pas d'écrire dans
un coin, à demi dissimulé derrière une pile de
livres, un Allemand, paraît-il, du nom de Karl
Marx? Ce serait injuste, comme de l'accuser, à
tort, de ne pas prévoir l'arrivée d'un autre Juif
allemand, plus tard, moins barbu, certes, mais
tout aussi appliqué dans ses lectures, un certain
Sigmund Freud. Pour l'instant, et comme elle a
raison, un sourire d'Arthur lui suffit. Elle sait
qu'il a eu de gros ennuis, reçu une balle de
revolver dans le bras en Belgique; qu'il a connu
des gens bizarres et des aventures dont il vaut
mieux ne pas parler; qu'il a écrit un petit livre
sur l'enfer qui vaut toutes les bibliothèques du
monde, mais bon, silence, maman ne veut pas
qu'on évoque toutes ces histoires, on est là pour
aider Arthur, l'encourager à trouver du travail.

Le dimanche 12 juillet, il fait beau et frais :
« Arthur s'ennuie. Nous allons dans un temple
protestant. C'est à peu près comme dans les
églises catholiques. De belles voûtes, des lustres,
des bancs, etc. Je m'y suis tant ennuyée que je
me sentais devenir malade. Nous en sortons à

136

une heure, après y être restés deux à trois heures. Nous rapportons de la viande de bœuf et de porc pour notre déjeuner. Arthur va nous chercher des fraises délicieuses. Oh ! que je les aime donc ! »

Arthur Rimbaud restant, par pure gentillesse pour sa mère et sa sœur (surtout pour sa sœur), deux ou trois heures dans un temple protestant, à Londres, un an après avoir écrit et publié *Une saison en enfer* (dont il a vite compris qu'il n'y avait rien à tirer dans l'indifférence ou l'hostilité générales), je trouve que cela mérite amplement un film. On pourrait commencer par l'émerveillement de Vitalie devant les fraises que lui rapporte son frère, avant d'enchaîner sur la lettre qu'elle envoie à sa sœur Isabelle pour lui parler du British Museum :

« Que te dirai-je de tous ces poissons, ces oiseaux, ces reptiles, ces pierres précieuses et ces diamants qui sont là, exposés à la vue de tous les spectateurs ? J'ai vu des antiquités égyptiennes et chinoises, des bustes d'empereurs grecs et romains, des pétrifications, des incrustations, des squelettes d'animaux antédiluviens, tels que des mastodontes, des rhinocéros. Je ne comprends vraiment pas comment ces choses ont pu se conserver ainsi si longtemps. »

Le 15 juillet, Vitalie note dans son Journal :

« Arthur part. Il va au British Museum. Il ne reviendra pas avant six heures du soir. »

Je me demande si, parmi tous les messages codés envoyés par radio pendant la Seconde Guerre mondiale, quelqu'un a pensé à émettre celui-ci : « Arthur va au British Museum. Je répète : Arthur va au British Museum. Il ne rentrera pas avant six heures du soir. Je répète : il ne rentrera pas avant six heures du soir. »

Qu'est-ce qu'il fabrique, Arthur, au British Museum, toute la journée ? Il pense, il médite, comme s'il était parvenu au cœur rassemblé et transparent de la planète, « la force et le droit réfléchissant la danse et la voix ». Il est même possible qu'au bout de deux ou trois heures de silence intense, il prenne une plume et qu'il écrive.

« Henrika avait une jupe de coton à carreaux blancs et bruns, qui a dû être portée au siècle dernier, un bonnet à rubans, et un foulard de soie. C'était bien plus triste qu'un deuil. Nous faisions un tour dans la banlieue. Le temps était couvert, et ce vent du sud excitait toutes les vilaines odeurs des jardins ravagés et des prés desséchés. Cela ne devait pas fatiguer ma femme au même point que moi... »

Il réfléchit, trace un titre : *Ouvriers.*

Ou bien, il se lance dans une autre étude :

« Les calculs de côté, l'inévitable descente du ciel, et la visite des souvenirs et la séance des rythmes occupent la demeure, la tête et le monde de l'esprit. »

Vitalie, à Londres, entre dans la chambre d'Arthur, elle voit sur la cheminée un dossier de couleur orange qu'il a intitulé *Illuminations.* Elle ne peut pas s'empêcher de l'ouvrir. Elle lit, elle relit, elle n'y comprend pas grand-chose, pas plus qu'Arnaud, aujourd'hui, placé devant les carnets de Guillaume. Si, à mon tour, demain, je lis à haute voix ces lignes à Vincent, il fera un geste rapide de la main droite, comme s'il effleurait les touches de son piano : lu, reçu, écouté, mais pas entendu.

Pauvre Vitalie, qui va mourir l'année suivante. Suivons-la dans Hyde Park :

« C'est un bien-être indescriptible que j'éprouve dans ce parc. Assise sur un banc, je sommeille un peu. Il me semble être à Charleville, au square de la Gare. Le gazouillis des oiseaux me rappelle le chant, mon cher cours de chant, le chant, moitié de ma vie, le seul plaisir que je goûte au monde. »

Ainsi, Vitalie *chantait.* Et personne n'a pensé à

interroger le professeur de piano de Rimbaud vers la fin de 1875, au nom prédestiné : Louis Létrange. Son étrange élève au clavier était-il doué ? Faisait-il des réflexions sur les gammes, les accords, la mélodie, l'harmonie ? Aimait-il les fugues ? Avait-il une bonne main gauche ? Improvisait-il ? Avait-il des morceaux préférés ? Accompagnait-il sa sœur Vitalie lorsqu'elle chantait ?

« Madame *** établit un piano dans les Alpes. La messe et les premières communions se célébrèrent aux cent mille autels de la cathédrale. »

Un témoin de l'époque raconte :

« Le piano fut installé et Rimbaud put s'y évertuer pendant des journées entières. Sa sœur Vitalie est morte le 18 décembre 1875, à dix-sept ans, d'une synovite, après des souffrances dont le spectacle l'a cruellement affecté. Elle lui ressemblait par la fraîche carnation, la chevelure châtain foncé, les yeux bleus : Rimbaud en très belle jeune fille. Cette secousse morale, plutôt, je crois, que des études acharnées et diverses, dut contribuer aux violents maux de tête qui lui surviennent à ce moment. Les attribuant à ses cheveux trop touffus, il y applique un remède singulier : se faire raser le crâne, je dis raser… au rasoir, ce que le perruquier ne consentit à faire qu'après mille tâtonnements et protesta-

140

tions [...]. Cependant, il est reparti; le voici en Autriche, vers la Bulgarie... »

Il veut aller en Grèce, dans une île des Cyclades, où se trouve un de ses amis. Les « études acharnées et diverses » font penser aux « terribles soirs d'études » et aux « stocks d'études » d'un des plus mystérieux poèmes d'*Illuminations* : « Mouvement ».

Vitalie vient de mourir. Crâne rasé. Plus de musique. Rimbaud, seize ans plus tard, à Marseille, mourra de la même maladie que sa sœur, dont il a vu l'agonie. Il sera veillé, lui, par son autre sœur qui en fera un saint. Vitalie était elle-même une sorte de sainte. Sans doute. « La musique savante manque à notre désir. »

Le même témoin raconte que, se promenant dans la forêt avec Rimbaud, ils chantaient ensemble « ce couplet des Cent Vierges qu'il avait rapporté autrefois de Paris, et qu'il aimait » :

Heureusement
Qu'à ce moment
Nous n'avons pas perdu la tête,
Et qu'en nageant
Adroitement,
Nous avons bravé la tempête...

Mais revenons un moment à Londres, le 16 juillet 1874. Arthur cherche toujours du travail, Vitalie note :

« Ce matin, Maman arrange sa belle robe en soie grise apportée, ainsi que sa mante en chantilly, sur l'indication d'Arthur, afin de pouvoir nous présenter avec lui bien habillées et comme référence d'honorabilité. Moi, j'écris. Arthur lit. »

Ça ne marche pas. « Arthur a été de nouveau commander des annonces et chercher un autre placeur. » En attendant, il fait visiter les docks de Londres à ses deux femmes. Il leur trouve « enfin » une église catholique et française. « Il nous y a conduites. On était au Salut. »

Ce jour-là, Arthur a du chagrin. D'après Vitalie, il supplie sa mère de rester auprès de lui. Bon, d'accord, encore huit jours.

Le lundi 27 juillet, Vitalie est, une fois de plus, au British Museum avec Arthur. Elle note les détails suivants :

« Les dépouilles du roi d'Abyssinie, Theodoros, et de sa femme : des tuniques dont l'une est garnie de sortes de petits grelots en argent ; sa couronne, avec de vrais diamants ; ses armes ; plusieurs coiffures ; des chaussures de la reine, sa femme, en argent avec des pierres précieuses ; des peignes en bois ; des fourchettes et des cuillères, en bois. »

On voit très bien Arthur, à droite de sa sœur, qui lui ressemble tant, montrant du doigt cette couronne de diamants, ces cuillères de bois. Il parle, elle regarde. Le soir tombe. Ils rentrent à travers le parc en chantant.


— Quoi ? Vous insinuez que Rimbaud, le grand poète maudit, aurait été recruté par les Services britanniques lors de ses séjours à Londres ? Qu'il aurait eu, à travers ses relations avec des exilés de la Commune de Paris, quelques dîners confidentiels avec Marx ? Qu'il aurait travaillé ensuite pour Sa Majesté en Abyssinie ?

— Mais non, mais non... Quoique, s'agissant de Rimbaud, ce ne serait là qu'une variante à tous les délires qu'il a suscités. Pourtant, à Brême, quand il veut s'enrôler dans la marine américaine... Son passage dans la Légion étrangère de Hollande jusqu'à Batavia... Stockholm, où il passe pour marin... Copenhague... Norvège... Gênes, Milan, Alexandrie... Chypre... Et l'Égypte, l'Arabie, l'Éthiopie... Banale activité commerciale ? Simple trafic d'armes ? Allons, allons...

C'est comme si le temps se ramassait, maintenant, devenait de plus en plus silencieux, fluide, animal. J'aime regarder pour rien, m'asseoir sans raison dans les escaliers, fixer les murs, les portes, les sols, les fenêtres. Je me coule dans le lierre de la cour, j'éprouve son envers noir et son poison lent. Je guette la durée fermée du rosier, les coups de pinceau des feuillages. Y a-t-il une vie de la non-vie? Une intention dans ce calme absurde? Pas de réponse, pas non plus vraiment de question.

En ville, ils sont tous très agités, comme d'habitude. Il faut qu'ils s'opposent à quelque chose, là, vite, c'est leur fonctionnement, leur passion. On a redistribué les cartes du jeu, mais c'est toujours la même partie : blancs et noirs, bons et méchants, nous et les autres, selon les boussoles. Les uns veulent perdre, les autres être battus, mais pas immédiatement. Leur désir de catastrophe est commun, il saute au visage. Même disque : tout, plutôt que de s'avouer qu'il ne se passe rien. *Il faut* que quelque chose arrive : c'est leur religion essoufflée, leur poumon, leur gravitation. Pourvu qu'il y ait un drame, un scandale, une scène, une bombe, un crime, un accident ! Pourvu qu'il y ait un monstre, un tordu vicieux, une crise d'amour, un méchant du jour !

« L'automne déjà ! Mais pourquoi regretter un éternel soleil, si nous sommes engagés à la découverte de la clarté divine, loin des gens qui meurent sur les saisons.

« L'automne. Notre barque élevée dans les brumes immobiles tourne vers le port de la misère, la cité énorme au ciel taché de feu et de boue. »

Stein, ce matin, est aimable :

— Vous vous êtes bien débrouillé, la rumeur est correcte. D'un côté, vous êtes perçu comme un homme tranquille, vos voyages éclairs sont ignorés. Personne ne s'est rendu compte, pendant l'été, de vos allers et retours à Berlin et à Rome. Chapeau.

— Élémentaire.

— Pas du tout. D'un autre côté, vous passez pour superficiel, mondain, touche-à-tout, dragueur sans suite, girouette dans l'air du temps, facile à manier. Excellent.

— Quelques cocktails.

— Passons à la fiche psychiatrique : de schizophrène et paranoïaque que vous étiez, je vois que vous évoluez vers phobique, mélancolique et blessure secrète. Parfait. Vos opinions politiques sont également brouillées, puisque j'obtiens : « Réactionnaire avec des sympathies d'extrême gauche. » Content ?

— C'est plus insolite que : « De gauche, avec des sympathies d'extrême droite. » Et « phobique » me convient pour l'instant. Vous êtes sûr qu'il n'y a pas « pervers » ?

— Un peu, sans insistance. D'après vous, ces appréciations sont plutôt mâles ou femelles ?

— Mâles.

— Gagné. Les femmes, à votre sujet, sont plus évasives.

— Dur travail.

— Il y a quand même quelques animosités confirmées.

— Nécessaires.

Stein se tait un moment. Et puis :

— Depuis la mort de la Momie, les choses bouillonnent. Il va falloir harmoniser. C'est cher.

— Des trous noirs?

— Par centaines. On a vraiment vécu une joyeuse époque.

— Quinze ans?

— Ou trente. Ou cinquante.

— Ou deux siècles.

— Ou deux millénaires.

Il rit. Je modère un peu :

— La dernière période a quand même été plus détendue.

— À quel prix.

— Il y a des chantages?

— À la pelle.

— Dangereux?

— Assez. Le levier populiste est reparti un peu partout. Enfin, on va canaliser. Vous avez vu l'histoire de l'or nazi stocké en Suisse pendant la guerre?

— C'était ça, Zurich?

— Probable.

Jean est donc tombé là-dessus. Je m'entends malgré tout parler d'une voix normale.

— J'ai surtout aimé l'aventure de l'argent belge transféré par la France à Dakar, et récupéré en 1942 par les Allemands, à dos de chameau via le Sahara. Je suppose que le film est pour bientôt?

— Berne est une drôle de ville.

Je nous revois, Marion et moi, dans les rues sombres, sous la neige. Rendez-vous discret, petit pavillon dans les bois, grande pièce feutrée, très beaux tableaux au mur… Un pli dans les Alpes, tout a l'air enterré, aucun horizon… Si le Tibet est le toit du monde, la Suisse est sa cave. Jean devait venir de Berne ce jour-là, il avait quelqu'un à voir dans ce parc, à Zurich, il ne s'est pas méfié, il a eu tort. Une femme ? Tiens, peut-être. Son genre : se méfier *moins* d'une femme.

Guillaume était à Bâle vers la même époque. Il note qu'il a vu la maison de Nietzsche et, curieusement, cette vision de Peter Gast, en octobre 1899, à Weimar : « Nietzsche, vêtu d'un habit de flanelle blanche, repose en haut toute la journée sur un divan, il n'a pas mauvaise apparence, il est devenu très paisible et vous regarde d'un air rêveur et très interrogateur. »

— Bon, dit Stein, votre couverture a l'air solide. Continuez à dormir. Pour l'extérieur, soyez tantôt phobique et tantôt léger ; tantôt de droite et tantôt de gauche ; dragueur sans suite, mais intéressé par la chose, sans quoi où irions-nous ; brillant mais sans profondeur. Je vous envie vos vacances. Vous écrivez ?

— Un peu.

— Pas sur la période récente ?

— Non, non, Rimbaud.

— Rimbaud?

Je ne me décide jamais à demander à Stein pourquoi il a choisi ce nom de code. Stein. Stone. Il a été longtemps en poste à Francfort. En réalité, je ne sais rien de lui, sauf ces brefs entretiens, et les instructions écrites, rares, à détruire sur-le-champ. Moins on en sait, mieux on se porte. Il n'y a d'ailleurs rien de plus à savoir que le trajet d'un point à un autre, pointillé strict, en croisant les doigts pour échapper à la très fâcheuse et définitive rencontre.

Je vais marcher. La Seine est verte et grise, et noire, et marron. Elle bouge et ne bouge pas, elle coule quand même avec des plaques de tourbillons neutres. Elle glisse, elle glace, elle prend son temps, comme si elle voulait éprouver au maximum son passage par cette splendide et mystérieuse ville, « cité sainte assise à l'Occident », dit Rimbaud, capitale de la Révolution comme de la liberté proclamée en avant des siècles et pour tous les siècles. Cet énorme roman, quoi qu'on en ait dit, demeure obscur.

Je me penche. Les troncs des platanes sont puissants, élancés, plantés en hauteur et en profondeur. Le pont Royal se concentre dans la pierre brute. Les quais s'en vont en restant. La Concorde, là-bas, ouvre son cercle. Les Tuileries et le Louvre marquent leur méditation. Il pleut doucement, bruit infime. Je rentre, je laisse la fenêtre ouverte, je ne fais rien, c'est bien.

La Seine est froide, la Garonne est fraîche. La Seine pique et coupe, la Garonne luit. À Bordeaux, dans son tournant de lune, comme une grande écaille, la Garonne est déjà dans l'Océan, tandis qu'à Paris la Seine sent qu'elle a encore beaucoup de travail à accomplir. Rien à voir avec le fleuve de l'entre-deux, la Loire, qui est plutôt un territoire qu'une rivière, frontière sableuse et sinueuse entre le Nord et le Sud. Il suffit de prendre l'avion, par beau temps, de Paris vers le Sud-Ouest, pour voir un autre monde apparaître, un miroitement continu, l'Aquitaine, le pays des eaux, Grèce intérieure transportée là on ne sait comment, il y a longtemps.

Le Rhin et le Rhône sont germains, la Seine romaine, la Garonne grecque. On contourne l'éblouissement du Midi par la réflexion atlantique, l'étendue protégée où se trouvent les Hespérides. On peut aller jusqu'en Amérique, mais cela, à la longue, ne servira pas à grand-chose, il faudra revenir au port. Voilà ce que voit Hölderlin dans son poème *Andenken*. Je le relis souvent. Alors, je me retrouve là-bas, dans le jardin sombre entouré de vignes, sous la protection du «feu du ciel». Alors, le vent du nord-est souffle, présage heureux pour les navigateurs, et je vois la «belle Garonne» devant moi, vaste, pensive, argentée, avec son sentier qui «longe la rive exacte». Alors, Maria ressurgit comme «aux jours de fêtes, les femmes de ces lieux, les femmes brunes allant sur le sol de soie». On est en mars, c'est le milieu du temps où la nuit est égale au jour. Femmes de soie, temps de soie. «Et sur les lents sentiers passent lourds de rêves d'or les souffles berceurs.» Le pollen flotte, les mimosas sont en fleur. On va en promenade jusqu'à «la pointe venteuse, au pied des vignes, où descend la Dordogne, ensemble avec la somptueuse Garonne, large comme la mer».

Oui, je vois tout cela sans rien voir, c'est une vision pour dormir après avoir bu la «sombre lumière». Non pas dans une coupe parfumée, comme dit Hölderlin, mais dans un léger verre de cristal qui fait résonner le rouge sang ou l'or des légendes. Et il est vrai que «la mer, qui prend la mémoire, la donne», puisqu'il s'agit de l'océan, justement, de cet océan-là, et pas d'un autre, de ce vieil océan aux vagues de cristal, de ce fleuve-là, et pas d'un autre, augmenté d'un autre fleuve, qui font que ces deux fleuves forment une mer avant de devenir océan. La mer sans marées se jette dans l'océan qui va et vient sous la lune, et si Bordeaux, avec son croissant, s'appelle le Port de la Lune, ce n'est pas pour rien, mer mêlée au soleil, océan à la lune, opération détournée du temps passant par le mûrissement du raisin et des pins. Le sol soyeux est couvert d'aiguilles, on chausse des espadrilles. Et il est vrai, aussi, que « l'amour rive des yeux attentifs ». De tels yeux attentifs sont rares, l'amour est rare. Pour cette raison, « les poètes fondent ce qui demeure ». Il suffit donc d'entrer dans ce qui demeure. Ici.

Hölderlin arrive à Bordeaux le 28 janvier 1802 au matin. Le ciel est dégagé, il va faire beau et plutôt doux pour la saison, il demande son chemin vers les allées de Tourny, où habite le consul d'Allemagne Meyer, chez qui il va prendre ses fonctions de précepteur. Il est fatigué par ses longues journées de marche, mais, aujourd'hui, plein de joie et d'espoir. Il vient de traverser le pont sur la Garonne et, tout de suite, il a aimé ce fleuve, sa largeur, sa vivacité blanc et gris sous le soleil, son silence puissant, sa courbe.

Le port est rempli de trois-mâts, dont beaucoup de bateaux de guerre. Le bel hôtel particulier du consul n'est pas loin des quais. Il frappe à la porte, il est bien reçu, on lui montre sa chambre, sa malle est déjà arrivée, il s'installe à sa table, près de la fenêtre, et, immédiatement, il écrit à sa mère :

« Ces jours derniers la route était déjà toute printanière, mais auparavant j'ai dû traverser les hauteurs redoutables de l'Auvergne couverte de neige, la tempête et des régions sauvages, et j'ai couché sur un grabat dans la nuit glaciale, un pistolet chargé près de moi ; c'est alors que j'ai fait la meilleure prière de ma vie, une prière que je n'oublierai jamais. »

Voilà, il se sent bien, il respire. Il continue : « Mon logement est presque trop beau. Je serais content de vivre dans la simplicité et la sécurité. »

Il faut que cette lettre parte le plus vite possible. Le consul va y veiller.

Avant son départ, Hölderlin a écrit à son ami Böhlendorff (qui se suicidera en 1825) : « Il faudra que je veille à ne pas perdre la tête en France, à Paris ; je me réjouis aussi de voir la mer, le soleil de la Provence. »

Comme si Bordeaux se trouvait en Provence ou au bord de la mer ! Quant à Paris, il ne fera qu'y passer lors de son retour précipité (c'est là qu'il sera atteint par la vue des sculptures grecques du tout nouveau musée du Louvre).

On ne sait rien, ou presque, de ce séjour de Hölderlin à Bordeaux. Sauf ce grand poème, *Souvenir*, un des plus beaux qu'il ait écrits, et quelques brèves allusions dans des esquisses : « Les pays de Gascogne m'ont donné de la reconnaissance » ; « L'humide prairie de la Charente » ; « Ventant âprement les yeux le Nordé » (les gens du Sud-Ouest disent encore aujourd'hui le « Nordé » pour le vent du nord-est) ; « Les étourneaux avec leurs cris de joie, sur la Gascogne où sont beaucoup de jardins » ; « Fontaines le long de chemins recouverts d'herbe » ; « Routes ornées de fleurs ». On trouve aussi des cerisiers, des baies. Et puis : « Jusqu'à en souffrir monte au nez une odeur de citron » ; « La viande rôtie des jours de fête » ; « La table et les raisins bruns » ; « Mon cœur devient infaillible cristal auquel la lumière s'éprouve ».

Je vois ces jardins, cette lumière. J'éprouve cette reconnaissance.

Mais il y a aussi l'autre lettre à Böhlendorff, un brouillon, probablement de la fin de l'au-

tomne 1802, après le retour soudain de Hölderlin en Allemagne (c'est le moment où son
grand amour Suzette Gontard vient de mourir,
où tout le monde commence à le trouver fou).
Il lui raconte son voyage dans «le sud de la
France», où il a vu, dit-il, «quelques beautés,
hommes et femmes». «L'élément violent, le feu
du ciel et l'apaisement des gens, leur vie dans la
nature, et leur restriction et contentement, cela
m'a constamment saisi, et comme on le répète
des héros, je peux bien dire qu'Apollon m'a
frappé. »


Un des plus grands poètes de l'Histoire vient
donc de faire, en ce point du globe, une expérience physique fondamentale. Pour la comprendre, il faut se rappeler ses difficultés en
Allemagne, l'incompréhension dont il est l'objet, la bigoterie provinciale et piétiste qui n'ont
pas arrêté de le freiner, sa liaison contrariée et
romantico-exacerbée avec Suzette Gontard
mariée à la banque de Francfort, sa découverte
de plus en plus profonde de l'esprit grec comme
personne ne l'a jamais éprouvé ni pensé (sauf
Rimbaud par la suite), ses échecs sociaux et lit-
téraires, sa farouche détermination à ne pas se
laisser anéantir par l'esprit casanier protestant,

prude et philosophique. Il passe la frontière, il arrive dans la France révolutionnaire et napoléonienne, il marche, il respire, une nouvelle nature se lève devant ses yeux, *la sienne*, celle qu'il connaît déjà, sans rapport avec celle du magico-spiritualisme ambiant. Il voit, il sent, il dit : « Dans les contrées qui confinent à la Vendée, le sauvagement belliqueux a fixé mon intérêt, le purement viril, pour lequel la lumière de la vie devient immédiate aux yeux et aux membres, et qui, dans le sentiment de la mort se sent comme en une virtuosité, et y remplit sa soif de savoir. »

Oui, c'est bien une question de corps directement en contact avec lui-même. Hölderlin parle de « l'Athlétique des gens du Sud dans les ruines de l'esprit antique ». L'esprit est en ruine, mais son mouvement demeure, virtuose, dans le sentiment de la mort pas du tout morbide, la lumière venant, immédiate, dans les yeux, les jambes, les bras. Ce sont d'autres Grecs, déjà engagés dans une tout autre aventure, et « protégeant leur génie trop courageux face à la violence de l'élément ». Ce corps héroïque, ajoute-t-il, peut se définir d'un mot inattendu : « tendresse ».

C'est dans la même lettre, à vrai dire inépuisable, qu'il parle de ce qui est « à présent sa joie » : « la lumière philosophique autour de sa fenêtre ».

Hölderlin repart brusquement de Bordeaux le 9 mai 1802. Il est donc resté trois mois en Gironde. On interprète en général son départ par l'annonce de l'agonie de Suzette Gontard. L'enchaînement est alors le suivant : il est fou d'amour, il devient, à partir de là, fou tout court. Cela arrange la légende. Le menuisier Zimmer, lui, un homme de bon sens, chez qui Hölderlin va résider pendant trente-six ans, jusqu'à sa mort, ne croit pas à ce feuilleton : « Passé la trentaine, il n'y a pas un Souabe qui tombe fou d'amour... Il n'a jamais pu dire à personne ce qui lui manquait. En fait, il ne lui manque rien du tout, c'est le trop qu'il avait qui l'a rendu fou. » Qu'il soit fou, en tout cas, personne n'en doute, ce qui permet de ne pas s'interroger sur le « trop ». Pour les uns, histoire pathétique ; pour les autres, sublime. Il y a aussi une façon rageuse d'affirmer qu'il n'était pas fou, qui revient à le rendre deux fois plus fou par la négative. On peut, en effet, relever bien des traces de simulation et de mise en scène dans le comportement de Hölderlin. Sa politesse excessive et alambiquée avec les visiteurs, par exemple. On dira alors qu'il a pris le masque de la folie pour des raisons politiques, la révolution n'étant pas

157

précisément à l'ordre du jour en 1806, à Iéna, quand son ami Hegel voit passer l'esprit du monde, sous son balcon, dans le corps à cheval de Napoléon. Hölderlin, de Girondin explicite, devient alors Jacobin déçu, dommage que sa fusion avec Marx se fasse attendre. Je passe sur les commentaires psychanalytiques qui, comme d'habitude, résolvent d'autant mieux la question de fond qu'ils oublient l'essentiel, c'est-à-dire la forme. Marx, ardent pédophile inconscient, croyait aimer Dante et pensait que les Grecs étaient des «enfants normaux». Freud, déjà plus lucide et plus biologique, ne voulait rien savoir du corps de la poésie après Goethe, malgré ses envieuses incursions chez Sophocle et Shakespeare. Ai-je eu envie de tuer mon père? Quelquefois, mais cela m'a passé. De niquer ma mère? Bien entendu, mais sans plus. Ai-je pensé que la lutte des classes épuisait le sens de l'Histoire? Pas vraiment. Dieu est-il mort? Ça dépend des moments. Le vingt et unième siècle verra-t-il le retour des forces de l'esprit? C'est peu probable. La vérité est lente, elle est massacrante, l'espérance est violente, et Hölderlin et Rimbaud, que voulez-vous, pour les passagers du long train tunnel organique, c'est *trop*. Pour une véritable pensée sur le sujet, voir, après Nietzsche, la méditation plus ou moins interdite de Heidegger, c'est l'évidence même.

Mais je m'en tiens, moi, humble romancier espion de l'Histoire, à redire que le roman doit avoir pour but la poésie pratique, qu'il est le messager de la poésie dans son déploiement immédiat. Le roman est une bonne nouvelle que la poésie écoute. Ainsi, chaque jour peut devenir une année, et on peut l'entendre et le dévisager, intact, en retrait.

Voilà, tout est noir, maintenant. Marion téléphone. L'amour a besoin de peu de mots. C'est une voix.

Racontez-moi ça :

Au commencement, principe, est la parole
et la parole est elle-même
et la parole n'est rien d'autre qu'elle-même
elle est au commencement, et par principe, avec
elle-même, vers elle-même.

Tout est par elle et à travers elle
et sans elle rien n'est
ce qui est en elle est la vie
et la vie est la lumière des mortels
et la lumière luit dans les ténèbres
et les ténèbres ne la saisissent pas.

La radio diffuse de vieux trucs pompeux d'un ancien directeur de la culture. J'entends : « Mon général, je vous parle au nom de ceux qui sont exactement en face de vous : les spectateurs. » Tiens, le spectacle a commencé. J'entends ensuite : « Les plus vieilles puissances démoniaques du monde : le sang, la sexualité et la nuit. » Mais que m'importe, à moi, si j'ai brassé mon sang, si la sexualité est une amie, si je suis réellement d'outre-tombe, si j'aime la nuit ? J'entends le mot « immortalité », les noms de Ramsès, de Sumer, de Napoléon. J'entends le mot « révolution ». Tout se confond, tout se brouille. J'entends aboyer : « Ce qu'on appelle culture, c'est l'ensemble des réponses mystérieuses que peut se faire un homme lorsqu'il regarde dans une glace ce qui sera son visage de mort. » Ça y est, ils ont recommencé leur service religieux, leur trafic drapé de cercueils. C'est une manie convulsive et somnambulique, chez eux, une messe grise et funèbre, une lamentation terrorisée, une emphase de mélopée lunaire : allez-y voir vous-même si vous ne voulez pas me croire.

Hölderlin, dans une phrase bleue pour toujours, appelle les dieux grecs « les vivants, les bienheureux taciturnes». On plaindra donc les morts vivants d'ici-bas, les malheureux bavards.

Cette passion des débris humains et des caveaux, surtout, est étrange. Voyez madame Rimbaud mère, en mai 1900 :

« Hier, samedi, on a fait l'exhumation de ma pauvre Vitalie [...]. Quand je suis arrivée, le cercueil était ouvert. J'en ai retiré tous les os et toutes les chairs pourries, ce qu'on nomme cendres ; aucun os n'était cassé, mais ils étaient tous détachés les uns des autres, la chair étant pourrie. Cependant, il y avait encore des côtes qui tenaient ensemble par deux et trois, et avaient tout à fait conservé la forme de la poitrine. Le crâne était tout à fait intact, encore recouvert de la peau gâtée, et beaucoup de tout petits cheveux très fins, si fins qu'on les voyait à peine. »

Voilà donc une mère en train de tripoter le cadavre avancé de sa fille : elles s'appellent toutes les deux Vitalie. Mais madame Rimbaud mère, en réalité, souffre surtout de s'appeler Rimbaud. Depuis le départ de son mari, le capitaine Rimbaud, et les aventures de son fils Arthur, elle se sent de plus en plus proche de son père, le bon vieux Cuif. Oui, elle préfère se penser comme Vitalie Cuif :

« On a fait l'exhumation des restes de mon bon père ; rien de démoli au cercueil ; il a fallu l'ouvrir : tous les os très bien conservés, tête complète, la bouche, les oreilles, le nez, les yeux. Rien de cassé. On a remis le tout dans le même cercueil que ma pauvre Vitalie, car ses restes à elle ont tenu au moins trois quarts moins de place que ceux de Papa ; c'est tout naturel : elle n'avait que dix-sept ans et Papa en avait cinquante-huit, et il était très grand et très fort. »

Madame Rimbaud écrit toutes ces joyeuses descriptions à sa fille Isabelle, laquelle se passionne trop, à son goût, pour les écrits de son frère Arthur dont on commence à parler. C'est Dieu Cuif contre Rimbaud, squelettes contre poèmes :

« Le caveau est fait et bien fait ; mais cependant pas encore tout à fait à mon idée. Ma place est prête, au milieu de mes chers disparus ; mon cercueil sera déposé entre mon bon père et ma chère Vitalie à ma droite, et mon pauvre Arthur à ma gauche. J'ai fait faire deux petits murs en brique sur lesquels sera posé mon cercueil, et j'ai fait attacher au mur une croix et une

162

branche de buis béni. J'ai fait venir le fossoyeur, et je lui ai bien fait voir où je veux être. Il m'a très bien comprise. Tout est en ordre. »

La courageuse madame Rimbaud s'installe en majesté pour l'éternité. Remarquons qu'Arthur, mauvais larron cependant sauvé pour la navigation des siècles, est placé à sa gauche. Papa et Vitalie à droite, enfin couchés ensemble, et Arthur, dont le cercueil est « absolument intact, pas la plus petite déchirure, à peine un tout petit peu noirci par le contact de la terre. La belle croix dorée qui est dessus, on croirait qu'elle vient d'être faite ; et la plaque sur laquelle est marquée son nom, on croirait qu'elle vient d'être posée. Les ouvriers qui y travaillaient, et beaucoup de personnes qui viennent voir ce caveau, étaient stupéfaits de voir cette conservation extraordinaire. Maintenant le voilà bien placé ; il durera longtemps, à moins qu'il n'arrive quelque chose d'extraordinaire : Dieu est le Maître ».

Deux fois le mot « extraordinaire ». Arthur, n'est-ce pas, est extraordinaire. Il serait capable, mais non, c'est impossible, de ressusciter.

Madame Rimbaud ne lisait rien, mais Isabelle suit son idée au sujet des papiers d'Arthur, qui est mort, jure-t-elle (et aucune raison de ne pas la croire, sauf à vouloir enterrer Rimbaud *ailleurs*), comme un saint. Peut-être son regard a-t-il quand même parcouru ces lignes d'*Une saison en enfer* (puisque après tout elle a payé l'impression du volume) :

« Elle ne finira donc point cette goule reine de millions d'âmes et de corps morts *et qui seront jugés*! Je me revois la peau rongée par la boue et la peste, des vers plein les cheveux et les aisselles et encore de plus gros vers dans le cœur, étendu parmi les inconnus sans âge, sans sentiment... J'aurais pu y mourir... L'affreuse évocation! J'exècre la misère. »

Faites-vous incinérer, mon vieux. Votre urne sera posée sur la bibliothèque, près de vos œuvres complètes. On consultera des photocopies de vos manuscrits gardés sous verre à la température convenable. Quoi? Un commerce caché de petites boîtes contenant de fausses cendres d'Arthur Rimbaud? Quelle importance? Il est loin, le temps des corps entiers, des chapelles, des panthéons, des caveaux!

Il n'empêche : Vitalie Cuif, épouse Rimbaud, a parfois des hallucinations. Un jour, à l'église, elle voit un jeune homme à jambe de bois qui la regarde tristement. C'est lui, c'est son fils

Arthur. On va donc descendre dans les entrailles de la décomposition pour bien s'assurer qu'il est là, vissé et plombé. D'autant plus que la remontée à l'air libre, entre les mains de fossoyeurs costauds, genre papa, n'a rien de désagréable :

« Avant de sceller la pierre d'entrée, qu'on appelle porte, et qui a cinquante centimètres carrés, juste pour passer le cercueil, j'ai voulu le visiter encore une fois, pour voir s'il ne restait rien à faire. Les ouvriers m'ont fait glisser tout doucement jusqu'au fond du caveau ; les uns me tenaient par les épaules, et les autres par les pieds. Tout est bien : c'est en ce moment que j'ai fait mettre la croix et le buis. La sortie du caveau a été plus difficile, car il est très profond ; mais ces hommes sont très adroits, et m'en ont très bien tirée, mais avec peine. »

De l'utilité d'avoir des sœurs quand on écrit : Blaise Pascal, par exemple. J'aime l'église Saint-Étienne-du-Mont, où l'on peut lire que son corps, mort le 19 août 1662, a été inhumé près d'un pilier. Je ne crois pas que personne ait jamais remarqué que Rimbaud et Pascal ont habité le même quartier, l'un en mai 1872, l'autre en août 1654, rue Monsieur-le-Prince. Paris est une drôle de ville. « Le dernier acte est sanglant, quelque belle que soit la comédie en tout le reste : on jette enfin de la terre sur la tête, et en voilà pour toujours. » Ou bien : « Qu'il crève dans son bondissement par les choses inouïes et innommables : viendront d'autres horribles travailleurs ; ils commenceront par les horizons où l'autre s'est affaissé ! »

Et ainsi de suite.

Il s'est donc passé quelque chose de très précis pour Hölderlin, à Bordeaux, en mars 1802. Le poème *Souvenir* y revient avec force. C'est le moment de l'année, on s'en souvient, où la nuit et le jour sont égaux. Hölderlin est né le 20 mars 1770, la veille du printemps. Il a trente-deux ans à Bordeaux et soixante-treize ans au moment de sa mort, le 7 juin 1843, dans la tour du menuisier Zimmer et de sa fille, Lotte, au bord du Neckar. Il est très attentif au temps, Hölderlin, aux dates, aux saisons, surtout aux saisons. Son calendrier personnel et final, très chinois, n'est plus que cela : Printemps, Automne, Été, Hiver, avec, pour insister, des dates de plus en plus fantaisistes (mais pas n'importe lesquelles), en majorité d'avant sa naissance, qu'il inscrit à la fin de ses poèmes dits de la folie. En même temps, il signe de plus en plus, « avec humilité », du nom de Scardanelli. Un tel abandon du calendrier classique, chrétien, économique, et ce pseudonyme italien, en pleine montée prussienne, contribuent à nourrir la légende de son dérèglement mental. *Scardanelli* : on entend, si l'on veut, Scarlatti, Cardan, Hölderlin, Élie. Il joue beaucoup de l'épinette, déclame à la fenêtre, se promène dans le jardin, cueille des herbes et des fleurs, en fait des bouquets, puis les froisse, les jette. Il écrit toute la journée. Des visiteurs emportent parfois ces poèmes, dont la plupart sont perdus. Aucune importance, ils n'ont pas de prix. Un certain Fischer, par exemple, raconte : « Ma dernière visite eut lieu en avril 1843 (deux mois avant la mort du vieillard-poète). Comme je devais quitter Tübingen en mai, je lui demandai quelques lignes. Il me dit : "Comme Sa Sainteté voudra. Écrirai-je sur la Grèce, le Printemps, l'Esprit du Temps ?" Je demandai : "L'Esprit du Temps." L'œil brillant d'un feu juvénile, il gagna son pupitre, prit une grande feuille, une plume munie de toutes ses barbes, et écrivit, en scandant le rythme des doigts de la main gauche sur le papier et en poussant un hum de satisfaction à la fin de chaque ligne et hochant la tête, les vers suivants :

### L'ESPRIT DU TEMPS

Les hommes dans ce monde rencontrent la vie,
Comme sont les années, comme les temps ambitionnent,

Comme est le changement, ainsi beaucoup de
    vrai demeure,
Que la durée se mêle aux années différentes.
La perfection atteint telle unité en cette vie
Que la noble ambition de l'homme s'en arrange.

Le 24 mai 1748                    Avec humilité

                              SCARDANELLI. »


Le cardinal Scardanelli, avec humilité, présente son poème, scandé et cardé, à Sa Sainteté.
Il fait beau, ce 24 mai. Le Neckar, par-delà la
fenêtre en rotonde, glisse lentement et luit.
Qu'importe l'année où l'on est pour le temps
qu'il fait ?


Tels sont les messages rythmés et chiffrés de
Hölderlin, agent secret des dieux en ce monde,
sous le masque vrai de la folie. Tout le monde
l'épie, mais personne ne lit ce qu'il trace. Il le
sait. Il le regrette. Il s'en amuse. Il frustre les visiteurs intéressés et déjà spéculateurs de sa signa-
ture de poète presque oublié mais encore
connu. On peut même imaginer que plus d'un
touriste furieux, après avoir vu le film attendu du
fou dans sa chambre. obséquieux, maigre,

ravagé, ruiné, aura jeté en sortant ce bout de papier sans valeur. Rencontrer la bête pathétique et curieuse devenu fou par amour, à cause des petites femmes de France et de ses idées révolutionnaires, oui ; garder son poème improvisé, plat, cinglé et nul, non. « Scardanelli », quelle idée. Serait-il devenu catholique ? « Les hommes dans ce monde rencontrent la vie » : bon, et alors ? Pauvre vieux gâteux, et, en plus il écrit sur des thèmes qu'on lui propose, comme un artiste de foire, les *saisons*, voyez-moi ça. Quelle aliénation, quel désespoir, quelle tragédie, quel enfer. Alors que l'Histoire est en marche, que l'Allemagne s'affirme peu à peu dans le concert des nations, que les inventions scientifiques se succèdent, que les romans d'amour fleurissent un peu partout, que les villes s'étendent, que le commerce s'accroît, que les toilettes des femmes évoluent, sans parler des questions sociales et de la philosophie qui en traite. Hölderlin, génie foudroyé, ne perçoit pas l'avenir, le progrès ! Trente-six ans à regarder le même paysage par sa fenêtre. Pas une distraction, toujours la même rengaine sur son épinette, toujours les mêmes vers déclamés ! Il ne lit même pas le journal, vous vous rendez compte !

Pourtant, le menuisier Zimmer, chez lequel il a pris pension (un nom prédestiné, Zimmer, puisqu'il veut dire « chambre »), ne se plaint pas trop de son malade, voyez ce qu'il dit pendant l'été 1836 : « Oh ! en vérité il n'est plus du tout fou, ce qu'on appelle fou. Il est tout à fait sain de corps, il a bon appétit et boit sa bouteille de vin tous les jours à son heure. Il dort bien, sauf au plus chaud de l'été, où il rôde toute la nuit dans l'escalier. Mais il ne fait de mal à personne. C'est un bien agréable compagnon dans ma maison. Il se sert lui-même, s'habille et se met au lit tout seul. Il peut aussi penser, parler, faire de la musique, tout cela comme auparavant. » Là-dessus, le visiteur s'empresse de dire qu'il n'y a dans tout cela aucune *cohérence*. « C'est vrai », reconnaît le menuisier, qui est aussi charpentier. Le visiteur-journaliste : « Et cet état a pu durer si longtemps sans une crise, sans une interruption ? » Le menuisier, soudain méfiant : « C'est en quoi il est vraiment souabe. Ce qu'est un Souabe, il l'est jusqu'au bout. »

Le journaliste a compris : le menuisier Chambre est aussi fou que son poète, ce sont là des histoires provinciales, archaïques, coupées de l'histoire mondiale et de la régulation des marchés. On fait un détour pour l'exotisme du lieu et de la situation, le bourgmestre et le pasteur hochent la tête, la femme du pasteur rougit, voilà où mène la philosophie trop compliquée, le cerveau

170

explose, la subversion s'en mêle, les intellectuels, c'est connu, se sont toujours trompés. Ces jeunes gens autrefois, le pasteur me l'a dit, avaient de mauvaises fréquentations, des Français athées et débauchés et lui, justement, le fou, est allé en France, même Zimmer est obligé de le reconnaître, il me l'a dit l'autre jour au temple : « C'est la manie du paganisme qui lui a brouillé les idées. » Cette manie, on le sait, a été propagée par l'Antéchrist de l'Église de Rome, relayée ensuite par la Révolution. Elle est un grand danger pour la culture, l'éducation, l'État, l'Art, la Poésie, et surtout pour la femme au foyer. N'est-il pas vrai que ce délirant, autrefois précepteur refusant d'être pasteur, a été le suborneur d'une femme mariée mère de quatre enfants ? Que le scandale a été étouffé à grand-peine par le mari, l'honorable banquier Gontard de Francfort ? Il paraît que ce dément se fait appeler maintenant, par dérision, Monsieur le Bibliothécaire. Savez-vous que la dernière fois que je l'ai vu il m'a dit : « Mais non, mais non, que Votre Sainteté, Votre Altesse, Votre Grâce, se rassure. Sa Majesté veut-elle que je lui écrive un poème ? Sur l'été, le printemps, l'hiver ? Le passage des nuages ? Sur les moutons, là, sur ce pont ? »

Le conseiller aulique Genning, le 2 juillet 1805, notait déjà, en commençant, pendant ses vacances, ce qu'il appelle son «poème didactique» : «Le pauvre Hölderlin en loue l'idée, mais m'a dit que je ne devais pas le faire trop *moral*. Est-ce un esprit sain ou malade qui parle ici en lui ? » On voit que la bonne société était *poétiquement* sur ses gardes. Elle l'est toujours. Par exemple, aujourd'hui, tel directeur de journal ou de télévision, en train d'écrire son roman, rencontrant un écrivain qui lui dirait : «Vous écrivez un roman ? Vous ne voulez pas que je vous le termine pendant le week-end ? » serait amené à parler du « pauvre X. ». D'autant plus si X. lui disait soudain que, lui, maintenant, écrit des poèmes dont le sujet peut être n'importe quoi : les oiseaux, la lumière, les arbres, le temps, les montagnes, les feuillages, les dieux, les femmes brunes sur le sol de soie, le journal du jour lorsqu'on le jette, la télévision quand on l'éteint et que l'adorable fraîcheur de la nuit entre par la fenêtre. «Pauvre X., il est vraiment très atteint. » Voilà, à n'en pas douter, ce que le Directeur, en consultant son dossier publicitaire du lendemain et ses marges bénéficiaires en fonction de ses actionnaires, dirait le soir à sa femme en train de se maquiller pour le dîner qu'ils donnent tous deux en l'honneur de leurs amis fonctionnaires-romanciers, membres du jury Le Roman Pour Tous ou La Fiction Contre l'Exclusion, lequel décerne chaque mois son prix convoité par les candidats nommés par le jury lui-même.

Et ainsi de suite.

— Quoi ? Vous dites que les *Illuminations* de Rimbaud, méconnaissables car recopiées sur une mauvaise machine à écrire, ont été envoyées à tous les éditeurs, français et internationaux, et partout unanimement refusées ? Bon, d'accord, et alors ? Mauvaise plaisanterie de lycéens ou de rapeurs, aucune importance. D'ailleurs, il y a des photos de Rimbaud partout et jusque dans le métro. On a transféré ses cendres au Panthéon au siècle dernier. Comment, ce n'était pas lui ? Qui, alors ? Son frère ? Sa sœur ? De toute façon, Victor Malraux a dit ce qu'il fallait sur la question. À moins que ce ne soit Louis Breton ? André Aragon ? Albert Sartre ? Virginie Duras ? Jean-Paul Camus ? Simone Yourcenar ? Stéphane Verlaine ? Frédéric Mallarmé ? Paul Char ? Antonin Claudel ? Marcel Céline ? Louis-Ferdinand Proust ? Guy Ducasse ? Isidore Debord ?

Le 19 avril 1812, l'année du désastre français en Russie, le menuisier Zimmer écrit à la mère de Hölderlin :

« Son esprit poétique se montre toujours aussi actif, ainsi il a vu chez moi le dessin d'un temple. Il m'a dit que je devrais en faire un comme cela en bois, à quoi j'ai répliqué qu'il me fallait travailler pour gagner mon pain, que je n'étais pas assez heureux pour pouvoir vivre comme lui dans le Repos philosophique. Il m'a répondu aussitôt : "Hélas, je suis pourtant un pauvre homme", et dans la minute même, il a écrit pour moi les vers suivants sur une planche :

Les lignes de la vie sont diverses
Comme les routes et les contours des montagnes
Ce que nous sommes ici, un Dieu là-bas peut le
    parfaire
Avec des harmonies et l'éternelle récompense et
    le repos. »

Madame Hölderlin mère montre cette lettre du menuisier au Pasteur. Ils hochent la tête ensemble. Le petit-fils du Pasteur la montre au Professeur, qui la lègue à son petit-neveu l'Éditeur, lequel la transmet au Poète officiel, qui connaît le Directeur, lequel sponsorise une exposition de manuscrits, dessins et tableaux poétiques, déjà tous vendus à des collectionneurs eux-mêmes conservateurs. « Vous voyez bien, commente le Poète officiel, au sujet du poème contenu dans la lettre du menuisier Zimmer, ce n'est presque rien.» De nos jours, en mars, la Directrice de la tour Zimmer transformée en musée me regarde d'un air soupçonneux. Il fait beau, le soleil brille sur le parquet ciré, un vase rempli de roses rouges est posé sur le sol, au centre de l'ancienne chambre, la Directrice trouve que je n'aurais pas dû ouvrir la fenêtre pour respirer l'air de la vallée traversée par le beau Neckar long de trois cent soixante kilomètres. Elle est blême de réprobation et de fureur rentrée, maintenant, parce que je m'attarde trop, selon elle, devant les vitrines où sont exposés les papiers de Hölderlin couverts de sa fine écriture noire, parce que je murmure pour moi-même les dates inscrites là, sous mes yeux : 2 mars 1648, 24 mai 1778, 25 décembre 1841, 9 mars 1840, 15 novembre 1759, 24 mai 1758, 24 janvier 1676, 24 janvier 1743, 24 mai 1748, 24 mai 1758, et encore 24 mai 1748. La Directrice, sur ma gauche, tapote légèrement la vitrine, je vois son alliance et son rouge à ongles, elle ne dit rien de façon indignée, sauf, à un moment : «Vous cherchez quelque chose de particulier?» Ah oui, de très particulier, en somme, dans ce rayon de soleil, là, sur les papiers à peine jaunis par le temps, mais la Directrice n'en peut plus, elle attend des journalistes et un photographe, il doit y avoir aussi la télévision, la Directrice est exaspérée, une houle de haine la fait vibrer de toutes ses forces, elle referme violemment la fenêtre, manque de s'étaler les bras en avant dans le vase de fleurs, me pousse vers la sortie, me dit à peine au revoir, il y aura d'autres murs que celui de Berlin, des frontières meurtrières d'ondes, tenez-vous-le pour dit, sale type.


Les lignes de la vie sont diverses
Comme les routes et les contours des mon-
      tagnes :

    Vous voyez bien, rien, ou presque.
    Mais c'est justement ce presque qui les irrite, les agite, les inquiète, les trouble. Ce rien n'est pas rien, il est même peut-être d'une folle richesse, et tout le reste, on le sent, pourrait soudain paraître superflu, nul, pauvre, inutile, faux. Ce rien est trop, beaucoup trop. Rassurons-nous, le monde étroitement réel et romanesquement falsifié existe, la Directrice et ses sentiments si intéressants existent, il y a mille choses à raconter tous les jours, des drames, des passions, des intérêts, des singularités, des *nouveautés*. Des cas extrêmes et tragiques comme ceux de Hölderlin, de Rimbaud, sont parfaitement

isolables, d'ailleurs ils se sont jugés et punis eux-mêmes, nous en tirerons, si c'est nécessaire, autant de films déprimants qu'il faudra. Pas question d'arrêter l'industrie du disque. Il tourne désormais tout seul comme la planète, le disque. Et ne nous dites pas qu'il fait remonter, à travers sa rotation ultra-rapide, quelque chose d'invisible et d'à peine audible, quelque chose de *tout simple* à quoi nous n'aurions pas pensé en termes de chiffres assurés et de publicité réservée. Vous seriez alors un ennemi de la démocratie, on nous a d'ailleurs prévenus lors de la dernière réunion Son et Lumière.

Le menuisier Zimmer, on s'en souvient, a une fille qui s'appelle Lotte. Tout indique qu'elle aime tendrement le pensionnaire poète à l'épinette qui hante parfois l'escalier, la nuit, lorsque les jours d'été sont trop chauds. Ils parlent sans doute beaucoup ensemble. Le 7 juin 1843, dans une lettre étrangement datée « À minuit », elle annonce au « Très honoré conseiller aulique » Karl Gock, demi-frère de Hölderlin, la mort de ce dernier :

« Le soir même, il a encore joué de l'épinette, il a soupé dans notre chambre et il est allé se mettre au lit, mais bientôt il a dû se relever et il m'a dit qu'il avait trop d'angoisse pour rester couché. J'ai essayé de le tranquilliser et je n'ai plus quitté son chevet. Au bout de quelques minutes, il a repris de sa médecine, il avait toujours plus d'angoisse, notre père était là aussi et un autre monsieur qui devait le veiller avec moi, mais il s'est éteint tout doucement, sans véritable agonie. Ma mère était aussi près de lui, aucun de nous ne s'imaginait qu'il allait mourir. Je suis si frappée que je ne peux même pas pleurer, et pourtant il faut être mille fois reconnaissants au bon Dieu de lui avoir épargné le lit de douleur, et il n'y a pas beaucoup d'hommes sur des milliers qui s'en aillent aussi doucement que M. votre frère bien-aimé. »

On ne sait rien du monsieur qui se trouvait là, pour l'agonie de Hölderlin, aux côtés de la famille Zimmer. On ne sait rien non plus du destin ultérieur de Lotte. Nous sommes en juin. Il fait très beau. La mer, de loin, à travers le fleuve, se mêle au soleil :

Le Neckar
Les souffles d'Italie l'accompagnent, la mer envoie
Avec lui ses nuages, ses plus beaux soleils.

Hölderlin a aussi écrit :

> Mais l'esprit de quiétude
> Aux heures où resplendit la Nature
> Est uni à toute profondeur.

Et aussi :

> Donne-moi de pouvoir tourner mes pensées,
> Aux heures de fête et pour qu'une paix me soit
>     rendue,
> Vers les morts. Car au temps jadis
> Il est mort bien des capitaines,
> Des femmes belles, des poètes,
> Et de nos jours
> Si grande foule d'hommes !
> Mais moi je suis tout seul.

Et aussi :

> Vivre est une mort, et la mort aussi est une vie.

Et ainsi de suite.

La seule prière justifiée en ce monde est donc
d'avoir une mort *à soi*, une fin facile, douce,
insensible, le contraire de celle de Rimbaud, ter-

rible, le 10 novembre 1891, à dix heures du matin, à l'hôpital de la Conception de Marseille. Amputation de la jambe droite, souffrances atroces et constantes, désespoir de quitter la vie au soleil, même si on admet (et pourquoi pas) le témoignage de résignation finale et d'agonie « sainte » écrit par sa sœur Isabelle.

La Momie, lui, s'est arrangé pour avoir une mort de velours. Précautions de tous les côtés, accompagnement palliatif, Égypte by night, garanties catholiques, consultations métaphysiques uniquement pour voir qu'il n'y a rien à voir, détours vaudous, courage, fermeté, soins de notaire provincial, drogues adéquates, lourd sommeil. Cadavre photographié par le principal magazine de la Confédération, et bien mis en page, dans sa sérénité supposée, en regard de quelques autres cadavres célèbres sur leur lit de mort, Victor Hugo, par exemple. Rien à dire, un travail d'orfèvre. La Momie se piquait d'ailleurs d'aimer la poésie, il a même écrit un certain nombre de vers, ne soyons pas cruels, dit Stein, ne les citons pas. Pour le reste, les mystères de Paris ne datent pas d'aujourd'hui, une pyramide avertie en vaut quatre. Mais je m'égare. L'extinction des rois, des princes, des papes, des présidents, des policiers n'est pas mon sujet, la mort n'est pas mon affaire. Bonjour, Jean ; bonjour,

Guillaume : j'essaie seulement d'éclairer un peu l'autre côté tellement interdit et fermé des choses. Il serait temps.

D'où vient pourtant que la Momie, dans l'exhibition de sa mort propriétaire et tranquille, semble à côté de la plaque ? C'est en somme qu'il était déjà mort et qu'il ne le savait pas, dit Stein. C'est qu'il espérait découvrir pourquoi il était vivant en mourant enfin, dit-il. Son corps ne lui appartenait pas, dit Stein, je l'ai vu en souffrir. Les incitations, les inclinations, les excitations venaient de plus loin que lui, il avait fini par s'en apercevoir, c'était un malin, n'allez pas croire. Il pressentait sa nature de mort en vie, il en battait même des cils par moments comme une poupée, c'était drôle. Au fond, il n'arrivait pas à identifier ce qui se mettait à parler parfois en lui malgré lui. Même chose pour ses plaisirs, demandez à ses maîtresses les plus lucides. À côté, à côté, toujours à côté. Il savait, bien sûr, qu'on l'avait surnommé la Momie, là-haut, dans les sphères. Ça l'agaçait. Ça l'intriguait. Il aurait voulu en avoir le cœur net. Il était prêt à tout pour percer ce mystère, comme si c'était possible. Qu'est-ce qu'il a pu nous fatiguer : « Pourquoi suis-je, moi, distinct de mon corps ? » Eh bien, il l'a forcé, le mystère, il a fini, comme les autres, par tomber dedans. Personne ne lui a rien dit, il s'est joué la comédie tout seul. Adieu, chère ombre !

— Vous savez, dit Stein, il était comme un enfant capricieux, rusé, instable. Il avait toujours quatre ou cinq fers au feu, guérisseurs, voyantes, allumés de sectes, féticheurs ou médecins parallèles, ça arrivait d'Amérique, d'Afrique, de Russie, d'Inde. On faisait entrer et sortir, on n'arrêtait pas, c'était fou. À la fin, le Japon a pris le relais, vous m'avez compris. Enfin, la mort, l'au-delà, secret d'État, secret Défense ! Je crois qu'on a vu défiler toutes les autorités en la matière. Croyez-moi, l'angoisse terminale de la Momie était presque sublime. Je n'osais pas lui dire...

Quoi ? Stein se tait. Et puis : Eh bien, qu'il n'était pas en lui, voilà tout. Qu'il était en mission, possédé, implanté, greffé. Je crois qu'il aurait voulu que quelqu'un lui crache carrément le truc. Mais qui aurait pu le faire ? Vous ?

Moi ? Sûrement pas.

— La Momie croyait au pouvoir, dit encore Stein avec un petit hoquet. À tort. Au pouvoir de l'argent, de l'image, du sexe. C'était un pavlovien, n'est-ce pas, ajoute-t-il l'air navré. Un homme, n'est-ce pas, un pauvre chien d'homme.

— Bon, dit Stein au Conseil. Il y a eu la lutte des masses, des classes, des races, et nous en sommes à la lutte des places et des traces. Rotation ! Tout passe et se tasse, tout lasse, tout casse, tout se classe. Encore des archives russes à vendre ? Explosives ? Vous les avez évaluées en euros ? Mais notre budget est insuffisant, voyons ! Achetez quand même le numéro 666 ! À n'importe quel prix ! C'est un ordre !

Le dimanche 4 octobre 1891, à Marseille, Isabelle Rimbaud prend des notes près du lit d'hôpital de son frère. Il est plongé, dit-elle, dans une
sorte de léthargie qui n'est pas du sommeil (la
douleur l'empêche de vraiment dormir), mais
plutôt de la faiblesse. Et elle ajoute : «En se
réveillant, il regarde par la fenêtre le soleil qui
brille toujours dans un ciel sans nuages, et se
met à pleurer en disant que jamais plus il ne
verra le soleil dehors. "J'irai sous la terre, me dit-
il, et toi tu marcheras dans le soleil!" Et c'est
ainsi toute la journée, un désespoir sans nom,
une plainte sans cesse. »

Voilà qui est plus sérieux. Il n'y a *aucune raison* de mourir, et toute curiosité de ce côté-là est
profondément malade. La Momie était donc
nécrophile? Eh oui, bien sûr, l'éternel problème est là. Ce n'est pas par hasard si la Bible
n'arrête pas de répéter sur tous les tons que le

Dieu qui parle à travers elle est un Dieu des vivants, pas des morts. Laissez les morts enterrer les morts, laissez les morts abuser les morts. « Ne vous laissez pas mettre au cercueil », a lancé Artaud une fois. C'est-à-dire, raisonnablement : « Ne soyez jamais, par avance, en train de vous voir mettre au cercueil ou en cendres. » « Je crois aux forces de l'Esprit », a dit la Momie, « Je ne vous quitterai pas ». Quelle bizarre incantation, quelle étrange façon de vouloir squatter les psychismes ! C'est du Christ rewrité : « Je vous donne ma paix, je vous laisse ma paix, je suis avec vous jusqu'à la fin du monde », etc. Mais là, qu'on le veuille ou non, c'est un dieu vivant qui est censé parler, et non pas un mort vivant, c'est-à-dire le contraire d'un bienheureux taciturne... Rien à voir, pas la moindre table tournante, le soleil réel, les arbres et les fleuves réels, un ciel toujours bleu réel, un réel sans fin plus réel. Et même, allons-y, un rite anthropophagique (« J'attends Dieu avec gourmandise », dit quelque part Rimbaud, toujours précis) qui révulse, à juste titre, les puritains de tous les âges, pornographes ou coincés divers, selon les cas. C'est quand même amusant, cette pilule contraceptive christique : avortement du cadavre, bout de pain *gratis* ! Démonstration ? Prenez un pape, jetez-le dans la mêlée, et vous serez édifié : délires, dévotions débiles, vomissements,

agenouillements, crises de nerfs, grimaces obs-
cènes, rictus, transes, scatologie, rien ne manque à la scène. Personne n'est plus proche, finalement, d'une religieuse en cornette qu'un bon
franc-maçon militant, un anarchiste recuit, un
trotskiste revitaminé, un homosexuel sensible,
une féministe de choc. Vous ajoutez deux curés
intégristes, trois pasteurs pincés, quatre rabbins
réprobateurs, cinq imams frénétiques, et la
boucle est bouclée : vive le pape ! Après quoi,
vous pourrez écouter le sermon habituel de la
Libre-Pensée, dans lequel il est question de tout,
sauf de penser.

Mais, au fait, qu'appelle-t-on penser ?


— C'est vrai, dit Stein, la Momie ne *pensait*
pas. Il calculait, rusait, sentait, anticipait, divisait,
régnait, mais penser, au fond, lui restait opaque.
Il trouvait les philosophes inutilement compli-
qués et sans importance, ce qui, entre nous, est
vrai la plupart du temps. En revanche, gourou-
terie, magie, tendance à l'escroquerie, hâblerie,
poudres de pseudo-orgies, tout l'amusait, lui
paraissait plausible. Comme tous les grands
sceptiques, il y croyait. Pas vraiment, mais quand
même. Décidément, le dix-neuvième siècle…

— Deux mille ans, cinq mille ans… Écoutez :
« Si les vieux imbéciles n'avaient pas trouvé du
moi que la signification fausse, nous n'aurions

pas à balayer ces millions de squelettes qui, depuis un temps infini, ont accumulé les produits de leur intelligence borgnesse, en s'en clamant les auteurs ! »

— De qui est-ce ?
— Rimbaud, 15 mai 1871.
— Huit jours avant la Semaine sanglante ?
— Cela même.
— Il a quel âge à ce moment-là ?
— Seize ans et demi.
— L'énigme commence.
— Elle n'est pas près de finir.

Le 28 octobre 1891, Isabelle Rimbaud, épuisée, raconte :

« Maintenant c'est sa pauvre tête et son bras gauche qui le font le plus souffrir. Mais il est le plus souvent plongé dans une léthargie qui est un sommeil apparent, pendant lequel il perçoit tous les bruits avec une netteté singulière. Puis, la nuit, on lui fait une piqûre de morphine.

« Éveillé, il achève sa vie dans une sorte de rêve continuel : il dit des choses bizarres très doucement, d'une voix qui m'enchanterait si elle ne me perçait le cœur. Ce qu'il dit, ce sont des rêves, pourtant ce n'est pas la même chose

187

du tout que quand il avait la fièvre. On dirait, et je le crois, qu'il le fait exprès.

« Comme il murmurait ces choses-là, la sœur m'a dit tout bas : "Il a donc encore perdu connaissance ?" Mais il a entendu et est devenu tout rouge ; il n'a plus rien dit, mais, la sœur partie, il m'a dit : "On me croit fou, et toi, le crois-tu ?" Non, je ne le crois pas, c'est un être immatériel, presque, et sa pensée s'échappe malgré lui. Quelquefois, il demande aux médecins si eux voient les choses extraordinaires qu'il aperçoit, et il leur parle et leur raconte avec douceur, en termes que je ne saurais rendre, ses impressions ; les médecins le regardent dans les yeux, ces beaux yeux qui n'ont jamais été aussi beaux et plus intelligents, et se disent entre eux : "C'est singulier." Il y a dans le cas d'Arthur quelque chose qu'ils ne comprennent pas.

« Les médecins, d'ailleurs, ne viennent presque plus, parce qu'il pleure souvent en leur parlant et cela les bouleverse.

« Il reconnaît tout le monde. Moi, il m'appelle parfois Djami, mais je sais que c'est parce qu'il le veut, et que cela rentre dans son rêve voulu ainsi ; au reste, il mêle tout et… avec art. Nous sommes au Harar, nous partons toujours pour Aden, et il faut chercher des chameaux, organiser la caravane ; il marche très facilement avec la nouvelle jambe articulée, nous faisons quelques

188

tours de promenade sur de beaux mulets riche-
ment harnachés ; puis il faut travailler, tenir les
écritures, faire des lettres. Vite, vite, on nous
attend, fermons les valises et partons. Pourquoi
l'a-t-on laissé dormir ? Pourquoi ne l'ai-je pas
aidé à s'habiller ? Que dira-t-on si nous n'arri-
vons pas au jour dit ? On ne le croira plus sur
parole, on n'aura plus confiance en lui ! Et il se
met à pleurer en regrettant ma maladresse et ma
négligence : car je suis toujours avec lui et c'est
moi qui suis chargée de faire tous les prépara-
tifs. »

Isabelle, ici, écrit à sa mère, laquelle se moque
pas mal que son fils mourant, Arthur, ait ou non
des visions poétiques augmentées par l'effet de
la morphine. Une mère veut le corps ; une sœur,
l'âme ; reste l'esprit si l'on veut, à travers les mots
qui, modelés d'une certaine façon, déclenchent
une jalousie métaphysique inextinguible (celle
de Verlaine, par exemple, tantôt exaltée, tantôt
amère). Isabelle deviendra exécutrice testamen-
taire des écrits de son frère, elle canonisera ces
dernières scènes passées à son chevet (qui ont
donc duré un certain temps, du 28 octobre au
10 novembre), en notant malgré tout qu'il n'arrête pas de répéter « *Allah Kerim, Allah Kerim !* »

(« la volonté de Dieu, c'est la volonté de Dieu, qu'elle soit… »). Il est devenu pour elle « un saint, un martyr, un élu ». Comment pourrait-elle formuler autrement ce qui se révèle à elle ?

Elle écrit encore, en 1896 :

« Par moments, il est voyant, prophète, son ouïe acquiert une étrange acuité. Sans perdre un instant connaissance (j'en suis certaine), il a de merveilleuses visions : il voit des colonnes d'améthystes, des anges marbre et bois, des végétations et des paysages d'une beauté inconnue, et pour dépeindre ces sensations il emploie des expressions d'un charme pénétrant et bizarre…

« Quelques semaines après sa mort je tressaillais de surprise et d'émotion en lisant pour la première fois les *Illuminations*.

« Je venais de reconnaître, entre ces musiques de rêve et les sensations éprouvées et exprimées par l'auteur à ses derniers jours, une frappante similitude d'expression avec, en plus et mieux dans les ultimes expansions, quelque chose d'infiniment attendri et un profond sentiment religieux.

« Je crois que la poésie faisait partie de la nature même d'Arthur Rimbaud ; que jusqu'à sa mort et à tous les moments de sa vie le sens poétique ne l'a pas abandonné un instant.

« Je crois aussi qu'il s'est contraint à renoncer

190

à la littérature pour des raisons supérieures, par scrupule de conscience : parce qu'il a jugé que "c'était mal" et qu'il ne voulait pas y "perdre son âme". »

Oui, comment pourrait-elle s'exprimer autrement? Et pourtant, elle a raison : la poésie n'a rien à voir avec la littérature, la transformer en littérature est *très mal*, non pas pour des raisons morales ou religieuses, mais simplement parce que la question ne se pose pas. Rien de plus naturel, concret, évident, la poésie, on ne la fabrique pas, on la vit, on la respire, on l'habite; elle vous vit, elle vous respire, elle vous habite, le soleil brille, le ciel est bleu, la neige tombe, la mer miroite, la voix parle, l'œil voit. Pourquoi pas *Allah Kerim*? Pourquoi pas la Vierge, les saints, les martyrs, le concert? Pourquoi pas des anges marbre et bois? Pourquoi pas ici, en ce moment même, cette table et l'immédiateté de son bois?

Je comprends, je comprends... C'est ce que chacun vit, au fond, sans oser se le dire : l'instant, le moment pour rien, en Abyssinie ou ailleurs, le tournant, la porte invisible, voilà on est de l'autre côté, agent secret de sa propre existence, on y est, ça y est, on y est. Vous pouvez laisser tomber l'apparence, laisser aux autres la revanche de l'apparence. Qu'importe qu'ils vous voient petit, grand, jeune, vieux, riche, pauvre, malade, en bonne santé, mourant, cadavre, gai, triste, brun, blond, sobre, ivre, habillé, nu, muet, parlant, présent, absent? Abandonnez-leur tout ça, ils sont contents. Rimbaud, depuis le Harar, dit souvent qu'il veut rentrer avec ses économies, se marier, avoir un fils qui deviendra ingénieur, des trucs comme ça, très simples, qui font encore hurler les poètes littérateurs ou les romanciers littérateurs occupant l'espace pour cacher que tous les hommes sont poètes et romanciers par définition. En tout cas, la première lettre d'Isabelle nous renseigne sur l'essentiel. C'est elle, il le lui dit, qu'il va épouser, faire travailler, emmener là-bas pour remplacer son domestique et petit ami Djami, à qui il charge sa sœur de verser de l'argent après sa mort. C'est elle qui se confond dans sa « rêverie » avec une indigène qui a habité avec lui pendant un certain temps dans ce trou perdu du Yémen. « Au reste, écrit Isabelle, il mêle tout et... avec art. » Au reste, au reste... Impossible, avec la bonne oreille, de ne pas entendre ici une nouvelle Électre parlant de son frère chéri et vengeur, Oreste. Rimbaud pense réellement que s'il se tire de ce mauvais pas, de cette maudite jambe, il prendra sa sœur avec lui, son enfant, sa sœur, et qu'ils iront vivre là-bas

ensemble. Évidemment, il y a du boulot : caravanes, comptabilité serrée, correspondance. Mais
souvent, aussi, on se repose. Les soirées sont
longues, on n'entend que quelques prières
d'Arabes isolés ou les chiens qui aboient. On
peut se parler à demi-mot. Tu es de mon sang,
et le sang ment moins que bien d'autres choses.
Tu crois vraiment en Dieu ? Va pour Dieu.

Voici ce que dit l'âme sœur : « Que peut me
faire la mort, la vie, et tout l'univers et tout le
bonheur du monde, maintenant que son âme
est sauvée ? [...] Quand je suis rentrée près de
lui, il était très ému, mais ne pleurait pas ; il était
sereinement triste, comme je ne l'ai jamais vu.
Il me regardait dans les yeux comme il ne m'a
jamais regardée. Il a voulu que j'approche tout
près, il m'a dit : "Tu es du même sang que moi :
crois-tu, dis, crois-tu ?" J'ai répondu : "Je crois :
d'autres bien plus savants que moi ont cru,
croient ; et puis je suis sûre à présent, j'ai la
preuve, cela est !"

« Il m'a dit avec amertume : "Oui, ils disent
qu'ils croient, ils font semblant d'être convertis,
mais c'est pour qu'on lise ce qu'ils écrivent, c'est
une spéculation !" J'ai hésité, puis j'ai dit : "Oh !
non, ils gagneraient davantage d'argent en blas-
phémant !" Il me regardait toujours avec le ciel
dans les yeux : moi aussi. Il a voulu m'embras-

ser, puis : "Nous pouvons bien avoir la même âme, puisque nous sommes du même sang. Tu crois, alors ?" Et j'ai répété : "Oui, je crois, *il faut croire*". »

Voilà un mariage mystique et incestueux de la plus belle eau, ou je ne m'y connais pas. On comprend qu'il scandalise tout le monde, dévots, antidévots, simples veaux. Sacré Rimbaud : Vitalie, Isabelle... Les yeux dans les yeux, le ciel même dans les yeux des yeux... Ils seront maintenant tous *follement jaloux* d'Isabelle.

« Alors il m'a dit : "Il faut tout préparer dans la chambre, tout ranger, *il va revenir avec les sacrements.* Tu vas voir, on va apporter les cierges et les dentelles ; il faut mettre des linges blancs partout. Je suis donc bien malade" ! »

Eh oui, il est vraiment très malade... Et Isabelle, tous comptes faits, est une jolie et sérieuse jeune femme de province qui se débrouille comme elle peut face à une situation énorme. Elle n'a rien à voir avec la pseudo-sainte ou l'horrible bigote falsificatrice que le cinéma social va mettre en scène à partir de là. Quand le grand mensonge familial est ébranlé sur ses bases, il produit immédiatement son film-écran, son film-fumée, son film-bavardage-à-côté, reli-

gieux à droite, antireligieux à gauche. Tout,
mais pas ça :

> Mon âme éternelle,
> Observe ton vœu
> Malgré la nuit seule
> Et le jour en feu.

Voilà : ce matin, le ciel, à l'est du studio, est
rouge comme des braises de satin. Je sors à nouveau de la nuit seule. Je tutoie mon âme éternelle, ce qui, avouons-le, ne m'arrive pas si souvent. Elle observe son vœu, cette âme, malgré les
brûlures noires du temps, de la solitude. Il vaut
mieux dormir, à présent.

Le 12 août 1949, depuis son chalet de Todt-nauberg, en pleine montagne, Heidegger recopie pour Jaspers (dont il sait qu'il ne la comprendra pas) une formule de Nietzsche : « Cent solitudes profondes conçoivent ensemble l'image de la ville de Venise. — C'est son charme. Une image pour les hommes de l'avenir. »

Heidegger ajoute ce commentaire (qui vaut non seulement comme critique indirecte de son correspondant mais aussi de la toute-puissance d'une époque en train de se mettre en place) : « Ce qui est pensé ici se trouve en dehors de l'alternative de la communication et de la non-communication. »

Cent solitudes profondes conçoivent ensemble le roman de l'avenir. C'est son charme.

Entre-temps, il y aura eu beaucoup de bruit et de fureur pour rien, des océans de perceptions et d'élucubrations négatives pour rien. Aucune importance.

— Vous comprenez, dit Stein, on nous demande parfois ce que nous faisons *exactement* à la Centrale. Que voulez-vous répondre à quelqu'un qui est dans la non-vie courante ? C'est à la fois trop compliqué et trop simple. Vous pourriez peut-être leur expliquer, vous, que nous sommes occupés à définir la littérature de demain, d'après-demain, des siècles futurs ? Que nous écrivons, en somme, la modeste préface à un livre futur ? Ça leur est égal ? Tant pis, ça ne change rien au profond sérieux du problème. Encore trois cents ans de dévastations, et tout aura changé de trame, de substance, de forme, de rapports. Le fond ne sera plus le même, ni le regard sur lui, ni les mots pour le dire. Ça devrait être évident, n'est-ce pas ? Bon, reprenons, divisons, rapprochons, écoutons.

En août 1949, donc, je vais avoir treize ans, la sœur de Maman est entrée en agonie, les volets et les portes de la maison sont fermés, la chaleur est sourde, le jardin éclate de couleurs, je passe des heures dans le cognassier au bois noir, là, sur la gauche, à l'ombre. Maria vient d'arriver, et, avec elle, l'autre côté des Pyrénées et du monde. Rien ne sera plus comme avant. C'est le grand été rouge et noir.

Un autre 12 avril, mais en 1938 cette fois, Heidegger (qui médite intensément, depuis quelques années, sur Nietzsche et sur Hölderlin, là-bas, dans la montagne brumeuse et neigeuse, à flanc de rocher) parle à Élisabeth Blochmann de la solitude. Elle est pour lui, dit-il, l'arrivée d'une vérité *autre*, quand «la plénitude vous submerge de ce qui n'est plus en rien familier, étant étrangement unique». Il insiste : «La solitude ne se laisse jamais "meubler" de l'extérieur, pas plus qu'elle ne veut ni ne peut se fuir elle-même.» Et encore : «Je crois qu'il faut qu'un âge de solitude s'empare du monde s'il veut retrouver un nouveau souffle pour œuvrer en restituant aux choses leur vigueur native.»

Bon, bon, d'accord, ce genre de formulation est un peu solennelle et lourde, il n'empêche que la vérité *(autre)* est là. Heidegger n'est jamais venu à Bordeaux, c'est dommage. Les soldats allemands, eux, sont venus crier chez moi. Ce n'est pas une raison pour ne pas saluer, en passant sur les allées de Tourny, la présence diffuse, atomique et calme de Hölderlin, mêlée à l'air blanc de l'océan et du fleuve. Quant à Venise, merci, j'y suis.

« Ce qui n'est plus en rien familier, étant étrangement unique » : voilà, c'est ça.

Un volume d'inédits de Guillaume vient d'être publié, avec ma préface. Les critiques sont gênées, mitigées, plus ou moins fielleuses et, comme d'habitude, bâclées. Le journalisme, autrement dit la publicité, a toujours peur dès qu'il s'agit de prendre parti sur des dates. Le cas de Guillaume n'est pas encore réglé. Sa mort suffit-elle à faire de lui un écrivain important ? Ses erreurs n'ont-elles pas été manifestes ? A-t-il, oui ou non, réalisé ce qu'on appelle une œuvre ? Était-il bon ou méchant ? Ses livres vont-ils dans le sens du bien, c'est-à-dire de la résignation, c'est-à-dire de la servitude heureusement volontaire ? Pas clair, pas clair.

Qu'on meure ne leur suffit pas, loin de là. Mais, après tout, ils sont chez eux, ici-bas, c'est normal. Comme disait un communard lucide : « Non seulement ils nous fusillent, mais ils nous font les poches. » Les vainqueurs écrivent l'Histoire, alors que, si nous avions gagné, nous, nous ne l'aurions pas fait. Pas le temps : on se serait amusés.

Évidemment, une journée d'existence de Höl-derlin, de Rimbaud, ne peut pas être mise dans la même balance que trente ou cent ans de respiration de Napoléon Premier, Troisième, ou de la Momie. Le malaise est là, dans cette inégalité des poumons, le vertige et l'agressivité physique qui en découle et qui suinte aussitôt partout. Il y aurait donc deux poids dans le temps, deux mesures ? Mais non, c'est plus grave : il y a désormais des milliers et des milliers de poids, de mesures, une seule phrase se montrant peu à peu plus essentielle que des millions de volumes ; un vers, un air, une tournure devenant plus précieux que des tonnes imprimées ou enregistrées ; un geste, une peau, une bouche, des yeux, une voix se révélant plus réels que des foules entières.

Exemple : j'embrasse Marion.

Arnaud est content et fier, mais aussi déçu que son père n'occupe pas la une de l'actualité. Il est surtout désorienté par deux ou trois articles dans lesquels transparaissent de vieux règlements de comptes politiques à l'égard de Guillaume. Politiques ? Pas seulement : viscéraux, génétiques. Arnaud trouve ça violent, injuste, incompréhensible. Il lui faudra du temps pour comprendre que ce qui se passe dans la société n'a pas grand-chose à voir avec la vérité. De quelle vérité parlent les écrivains, d'ailleurs ? Autre, autre. Je l'encourage : lisez

Rimbaud. Et après? Lisez-le encore. Et après? Encore. La question n'est pas celle de l'incompréhension mais d'une surdité butée comme réflexe devant toute sonorité dont elle n'arrive pas à capter la flexion, le sens. On dit bien «Cogner comme un sourd». Laissez cogner, la musique ne s'en portera pas plus mal. Il n'y a pas de pires sourds que ceux qui ne veulent pas entendre? Ce serait là un acte de volonté *mauvaise*? Eh oui, inutile de s'y arrêter.

Exemples : «L'ombre des futaies mouvantes.» «L'aube d'or, la soirée frissonnante.» Ou encore : «La rumeur du torrent sous la ruine des bois.»

Vincent, lui, s'impose de plus en plus. Son dernier concert, le 19ᵉ concerto de Mozart, a été un grand succès. Sa jeune amie blonde, Ada, est venue m'embrasser dans la salle, Alix, de loin, m'a fait un gentil bonjour de la main. Elle est venue admirer son fils, et moi un ami. La revoir, elle? À quoi bon? Elle est venue exprès de Suède à Paris pour écouter Vincent, elle va sans doute repartir tout de suite. Bonjour! Adieu! Une main au-dessus des fauteuils, des têtes, le temps qui roule, et puis les mains de Vincent, un peu les siennes, après tout, courant sur le clavier à l'aveugle. Aucune différence entre virtuosité et concentration, magie agile et silence. Il y a eu ce moment de grande désinvolture, d'insolence, même. Et ensuite le bruit est revenu, c'est-à-dire le faux temps sans musique. Il était là, pourtant, l'amour intouché et vrai, très loin, tout près, ici.

« Le récit nombreux des jours de l'amour », a dit une fois Hölderlin. Comment laisser passer ce *récit nombreux* ? C'est cela qui m'est demandé, en somme, rien d'autre.

Le roman est une aventure physique et philosophique qui a pour but la poésie pratique, c'est-à-dire la plus grande liberté possible.

Je suis rentré seul, à pied, en traversant la place de la Concorde et la Seine. L'air était doux.

J'ai quand même appelé le téléphone portable d'Alix, juste pour entendre sa voix précise, un peu essoufflée : « Vous pouvez laisser un message après le signal sonore, merci. » Elle a beaucoup à faire, elle n'a pas le temps, on peut lui laisser un message mais on sent qu'il vaut mieux s'abstenir. On peut classer ainsi les voix sur les répondeurs : celles qui désirent ou qui sont curieuses, les faussement gaies, les déprimées, les commerciales affairées, celles qui se croient profondes, celles qui sont sûres que vous allez parler et celles qui en doutent, qui vous supplient presque de ne pas raccrocher sans avoir laissé vos coordonnées. C'est beau et pathétique, ce concert mécanique de voix couvrant la planète dans toutes les langues. Est-ce qu'Alix transporte son appareil dans son sac ? Est-ce qu'il est ajusté, comme un revolver, dans une ceinture portée à sa taille ? Vient-elle d'arriver à Stockholm à l'aéroport ? Ou bien est-elle déjà dans un taxi le long des forêts ? Elle voit un rideau végétal profond, des troncs d'arbres, et moi le grand canal bleu, ses bateaux du soir.

Marion, il y a dix jours :
— Ah, c'est drôle que tu m'appelles maintenant. Tu sais où je suis ?
— Dans ton bain ?
— Non, sur la terrasse d'un restaurant avec des amis, juste en face du Parthénon illuminé. C'est superbe.
— Il fait beau ?
— Très chaud. On va commencer à dîner.
— Je te rappelle demain ?
— Avant neuf heures.

Ou encore, ici ou là-bas. La présence, maintenant, à cause des voix mobiles transmissibles, change les lieux, tous les lieux, en vaste décor touristique tournant. Le lit, la voiture, la rue, la salle de bains, le café, le musée, la salle de cinéma ou de concert, l'hôpital, l'université, le train, la plage. Stein, au Conseil, lorsque son portable sonne et qu'il s'agit donc d'une ombre supérieure, a une façon de dire «Je vous rappelle tout de suite» et de sortir dans les grands couloirs feutrés, qui est, à elle seule, une petite pièce de théâtre. Apparemment, chacun est ainsi transformé en acteur, en marionnette de sa propre vie, mais il n'en reste pas moins que le même drame intense continue tout en se jouant sur une autre scène. Au fond, Descartes est amusant quand il écrit, en 1619, dans ses *Pensées privées* : «De même que les comédiens, avertis de ne pas laisser paraître la honte sur leur front, se vêtent de leur rôle, de même, moi, au moment où je vais monter sur la scène du monde dont je n'ai été jusqu'ici qu'un spectateur, je m'avance masqué.»

Il avait donc peur d'avoir honte? Mais de quoi?

*Larvatus prodeo... Sapere aude!...* Vieux latin, époques de courage... Stein, masqué, est en train, je le sais, de nous préparer une dissolution stratégique des Services, dont nous ne saurons pas grand-chose, puisque, comme l'a dit un excellent spécialiste de ces questions : «Dans un service secret digne de ce nom, la dissolution même est secrète. »

Est-il possible d'avancer sans masque ? Qui le dira ?

Bien entendu, il n'existe aucune photographie officielle de Stein, pas plus que de déclarations manuscrites de lui, officielles ou privées. Pas le moindre enregistrement, pas d'image. Je crois avoir une des très rares photos de lui prise à Londres, à son insu, par les Britanniques. Une blague de Marion. C'est un matin d'été, je me promène avec Stein dans Saint-James' Park. Derrière ce cliché, pris au téléobjectif, Marion, pour s'amuser, a recopié une phrase de Heidegger : « Faire parvenir la pensée dans la clairière du paraître de l'Inapparent. »

— Mais tous ces anciens des Services, dis-je à Stein, qui écrivent des livres de pseudo-souvenirs et qui viennent en parler à la télévision ?

— Des tocards débranchés depuis longtemps, dit-il. Il faut bien qu'ils gagnent un peu d'argent pour calmer leurs épouses délaissées depuis des siècles. Rien de plus triste qu'un vieil agent ou un vieux flic, vous avez remarqué ?

— Ou qu'un vieil écrivain qui ne croit plus à son truc.

— Vous, au moins, ça ne risque pas de vous arriver.

— Peu probable.

— Au fait, et votre *Rimbaud*?

— Rimbaud Warrior?

— Allons, allons.

— Tourisme pour voir la maison de Rimbaud au Yémen? Poètes en goguette? Colloques, présentations de mode, chansons?

— Allons, allons.

— Dites-moi : j'additionne maintenant un Bosniaque, un Serbe, un Croate, un Russe, un Tchétchène, un Palestinien, un Corse, un Irlandais, un Belge, un Rwandais, un Ougandais, un Zaïrois. Je fais exploser quelques bombes. Je multiplie le résultat par un Chinois, un Japonais, un Israélien, un Américain. Je retiens un Brésilien, un Chilien, un Argentin, un Mexicain, un Cubain. Bombe. J'ajoute un Syrien, un Libanais, un Égyptien, un Algérien, un Marocain, un Tunisien. Je vire le tout en dollars via un Australien. Bombe. Je me déplace à présent avec un Italien, un Espagnol, un Hollandais, un Danois, un Anglais, un Allemand, un Français, un Tchèque, un Norvégien, un Finlandais, un Islandais, un Polonais, un Suédois, un Hongrois, un Ukrainien, un Canadien, un Indien. Je reprends tous mes calculs en euros en faisant exploser ce qui reste. Qu'est-ce que j'obtiens?

— Allons, allons.

— Momie for ever ? Marionnette-Momie ? Du passé faisons un spectacle ?

— Eh oui : économie, biologie, psychologie, simultanéité des circuits, ennui.

— L'essentiel est voué à l'oubli ?

— Eh oui.

Un qui s'est particulièrement ennuyé, sans cesse, c'est bien Rimbaud, là où, maintenant, on organise des congrès et des réceptions en son honneur à travers le Club international Divine Comédie, couverture souriante et mondaine du trafic local. Tout change, tout progresse, le film s'agrandit. On visite, on boit, on mange, on danse, on rit, on drague, on s'amuse. On parle des collègues, on échange des potins, des vacheries, des informations. Le climat est sec, on prend des notes, la couleur brille, les indigènes sont très polis, les femmes, surtout, sont émouvantes. Les poètes-touristes, inspirés, écrivent quelques vers idiots. Les surveillants sont avenants et discrets. Tout est pour le mieux dans la meilleure carte postale possible du monde.

En 1888, ici même, Rimbaud, lui, voit les choses d'un autre œil : «Je m'ennuie beaucoup, toujours ; je n'ai même jamais connu personne qui s'ennuyât autant que moi. » L'endroit accumule « l'ennui fatal et les fatigues en tous genres ». La plainte est continue, insistante, mais elle relève aussi d'un art de la communication : quand on s'adresse à la famille, à la société devenue elle-même une immense famille, il vaut mieux lui dire qu'on s'ennuie, qu'on est fatigué, qu'on travaille sans véritable réussite et sans espoir. Ça lui fait plaisir, à la famille, ça la rassure, elle vous aime déprimé, surchargé, angoissé, préoccupé, soucieux, consterné. Sentiments et réflexes élémentaires, jusqu'à la tombe. Rien à faire, c'est ainsi, et Rimbaud le sait.

De temps en temps, tout de même, la vérité perce à travers la répétition de la lamentation tactique et obligatoire :

« Pourquoi parlez-vous toujours de maladie, de mort, de toutes sortes de choses désagréables ? Laissons toutes ces idées loin de nous, et tâchons de vivre le plus confortablement possible, dans la mesure de nos moyens. »

La nécrophile madame Rimbaud vient donc d'envoyer une fois de plus des descriptions de malheurs. Enfin, c'est comme ça, il faut garder le contact, on ne peut pas en avoir d'autre en France, *et pour cause.* « Écrivez-moi plus souvent, n'oubliez pas votre fils et votre frère. » De toute façon, les nouvelles sont insignifiantes, plus ça change, plus c'est la même chose, qu'on soit en Europe ou en Afrique. L'horizon historique peut s'étendre, exploser, se diversifier, reculer, repartir, on sait, *et pour cause*, à quoi s'en tenir. La technique suit son cours. Le milieu littéraire, lui, n'est plus qu'un clergé ranci, envies, jalousies, étroitesse d'esprit, romans accroupis, fausse philosophie et paralysie. Les chiens aboient, la caravane passe : voilà de l'ivoire, du café, des gommes, des cuirs, des fusils. Ce qu'il faut, dans ce foutu pays, c'est une bonne *mule* (pas un mulet, une *mule*). Quant aux indigènes, « Ils ne sont ni plus bêtes ni plus canailles que les nègres blancs des pays dits civilisés : ce n'est pas du même ordre, voilà tout. Ils sont même moins méchants, et peuvent, dans certains cas, manifester de la reconnaissance et de la fidélité. Il s'agit d'être humain avec eux ».

Voilà tout.


Cela dit, le temps passe, et il s'imprime dans les cheveux, les jambes. Ainsi, le 21 avril 1890 :

« Je me porte bien, mais il me blanchit un cheveu par minute. Depuis le temps que ça dure, je crains d'avoir bientôt une tête comme une houppe poudrée. C'est désolant, cette trahison du cuir chevelu, mais qu'y faire ? »

Rien, c'est bouclé.

Souvenons-nous que l'alchimie imprime des

rides de paix sur les grands fronts *studieux*. Chut! Pas un mot à quiconque! Pendant la veillée, la lune brille sur les tentes, le désert se tait. Les constellations, ici, sont très proches. Les habitants de ce côté des choses ont l'habitude de dire que ce qui se produit, ou arrive, était écrit. *Allah Kerim! Allah Kerim!* Douce nuit.

Il est trois heures du matin. Je m'éveille en sursaut, je me lève. La lune, dans la cour, éclaire froidement le lierre qui paraît, du coup, plus profond. Tout à l'heure, j'ai coulé à pic dans l'abîme noir de la ville. Maintenant, c'est comme si je sortais d'une série de souterrains retournés, cavernes ou montagnes creuses à n'en plus finir. J'entends mon cœur, le temps bat.

Je lis :

« L'horloge de la vie s'est arrêtée tout à l'heure. » « Sommeil dans un nid de flammes. » « Je suis caché et je ne le suis pas. » « Je me crois en enfer, donc j'y suis. » « Je suis réellement d'outre-tombe. » « Que la prière galope et que la lumière gronde… Je le vois bien. C'est trop simple, et il fait trop chaud ; on se passera de moi. »

Cette dernière phrase, dans *Une saison en enfer*, se trouve dans le passage intitulé « L'éclair ».

La cinquante-quatrième sourate du Coran s'appelle *La Lune*. Elle commence ainsi :

> L'heure approche
> et la lune se fend !

On y lit aussi :

> Notre Ordre est une seule parole
> il est prompt comme un clin d'œil.

Et aussi :

> Ceux qui craignent Dieu
> demeureront dans des Jardins
> au bord des fleuves,
> dans un séjour de Vérité.

Et ainsi de suite.

Rimbaud a souvent entendu réciter le Coran. Il l'avait près de lui. Son père, le capitaine Frédéric Rimbaud, longtemps en garnison en Algérie, l'a traduit.

« Cependant c'est la veille. Recevons tous les influx de vigueur et de tendresse réelle. Et à l'aurore, armés d'une ardente patience, nous entrerons aux splendides villes. »

Ici, nous avons le choix entre la sourate 89, *L'Aube* :

> Par l'aube !
> Par les dix nuits !
> Par le pair et l'impair !
> Par la nuit quand elle s'écoule !

et l'avant-dernière sourate, la 113, *L'Aurore* :

Dis :

Je cherche la protection du Seigneur de l'aube
contre le mal qu'il a créé ;
contre le mal de l'obscurité lorsqu'elle s'étend ;
contre le mal de celles qui soufflent sur les
    nœuds ;
contre le mal de l'envieux lorsqu'il envie.

« Celles qui soufflent sur les nœuds » est une allusion à une pratique magique dont la naïveté des commentateurs pense qu'elle appartient à un passé archaïque. On s'en voudrait pourtant d'insister, d'être plus clair. Dans « Nuit de l'enfer », Rimbaud parle des « erreurs qu'on lui souffle, magies, parfums faux, musiques puériles ». On voit là, ne citons pas de noms, la série des vierges folles en action. La sourate 53,

*L'Étoile*, a d'ailleurs la gentillesse de nous avertir :

Ceux qui ne croient pas à la vie future
donnent aux anges des noms de femmes.

Quant à l'envie, à sa radicalité génétique, on suppose que tout navigateur expérimenté de la condition dite humaine, plus proche qu'on ne croit de celle de la mouche et du papillon, sait d'instinct de quoi il s'agit.

Exemple :

« Pitoyable frère ! Que d'atroces veillées je lui dus ! "Je ne me saisissais pas fervemment de cette entreprise. Je m'étais joué de son infirmité. Par ma faute nous retournerions en exil, en esclavage." Il me supposait un guignon et une innocence très bizarres, et il ajoutait des raisons inquiétantes.

« Je répondais en ricanant à ce satanique docteur, et finissais par gagner la fenêtre. Je créais, par-delà la campagne traversée par des bandes de musique rare, les fantômes du futur luxe nocturne.

« Après cette distraction vaguement hygiénique, je m'étendais sur une paillasse. Et, presque chaque nuit, aussitôt endormi, le pauvre frère se levait, la bouche pourrie, les yeux arrachés, — tel qu'il se rêvait ! — et me tirait dans la salle en hurlant son songe de chagrin idiot.

«J'avais en effet, en toute sincérité d'esprit, pris l'engagement de le rendre à son état primitif de fils du Soleil, — et nous errions, nourris du vin des cavernes et du biscuit de la route, moi pressé de trouver le lieu et la formule.»

Et ainsi de suite.


Stein est vraiment très bon aux échecs. Il fait beau et chaud. On joue sur la terrasse.

— Il me semble que je comprends le jeu de mieux en mieux, dit-il. Je l'analyse plus facilement, même si j'ai moins d'énergie. L'âge n'est plus forcément un défaut, et la nouvelle génération ne s'en rend pas compte, c'est drôle. Face aux ordinateurs, vous devez imaginer l'échiquier de façon plus longue, plus profonde, plus intense. Les puces peuvent être dangereuses dans une rencontre, pas dans une série de parties. Les programmes ont une structure mathématique et logique? Très bien. Mais vous, vous vous aventurez sur le terrain qu'ils ne comprennent pas par définition, dans l'espace qui leur reste obscur : la stratégie. L'ordinateur ne saisit pas réellement les positions, les situations, le relief irradiant des pièces, ce qu'on pourrait même appeler leur jouissance. Il travaille, il ne s'entend pas fonctionner. Vous jouez avec un handicap énorme puisqu'il a des millions de parties en mémoire, mais vous avez de l'avance sur lui, puisque vous faites intervenir ce temps du temps qu'on appelle l'intuition. L'ordinateur a son roman, vous lui opposez votre méta-roman. Il est policier, vous êtes poète. Vous lui faites le coup de la lettre volée. En réalité, vous ne devez jamais oublier que vous n'êtes vous-même qu'une partie dans l'histoire du jeu. Toute défaite est une faute d'histoire. Vous voulez savoir ce que je pense de votre style ? Vous êtes fort en dehors de la confrontation et *avant* elle. Vous avez un excellent répertoire d'ouvertures (la Momie, lui, était hésitant dans les ouvertures). Votre supériorité est dans la préparation. Vos attaques du roi sont précises, mais vous supportez mal que votre roi soit attaqué. En somme, je suis plus patient que vous, je sais mieux attendre.

Bon, oui, peut-être. Mais il arrive aussi que Stein attende trop. Dans ces moments-là, il rate un événement silencieux, un tourbillon vide. Remarquable joueur, mais, comment dire, trop social. L'Histoire n'est pas seulement celle des sociétés. On devrait poser la question ainsi : dans quelle langue jouez-vous aux échecs ? Dans quelle langue intime à travers les langues ?

Le taxi file vers Londres. Ma première impression, chaque fois, en arrivant de Paris, est celle d'une innocence campagnarde enveloppée d'un mensonge nécessaire, sombre et blanc. Pour les questions décisives, voir Londres. Deux poètes français, dont l'un m'intéresse particulièrement, sont venus ici en 1872 et 1873. Un militaire français qui ne m'est pas indifférent était là, lui aussi, en juin 1940. Dans les deux cas, en France, c'est la guerre civile. J'aime la vérité de la guerre civile. Nous avons perdu vingt batailles, mais pas la guerre. Ou alors, perdons-la une fois pour toutes, la guerre, on en inventera une autre. Changeons le temps.

Les Anglais, là, sont occupés par leurs petites affaires domestiques, et, à l'extérieur, par le vieil abcès irlandais et le basculement de Hong Kong vers la Chine. On commence le vingt et unième siècle : forceps numérique, chiffres, écrans.

Dans l'avion, en regardant la petite boîte en carton qu'une hôtesse blonde maussade posait devant moi, j'ai tout à coup vu et entendu l'inscription SEASON'S GREETINGS comme Rimbaud a dû le faire. La *Season* par excellence, en Angleterre, c'est décembre, Noël, Christmas, l'enfer des familles riches, le purgatoire gris des pauvres. Observons les voyelles de ce mot : *e* blanc, *a* noir, *o* bleu, mais on entend aussi, sans le voir, le *i* rouge. De loin, de tout près, dans *season*, on voit distinctement la mer *(sea)*, le fils *(son)*, le soleil *(sun)*, et, en français, le son. *Season's* : le soleil de la mer, sa sonorité, son fils. Elle est retrouvée, quoi, l'éternité, c'est la mer mêlée au soleil, son verbe. *Season's Hell, One Season in Hell* : il ne faut pas une vue perçante pour déchiffrer l'enfer des femmes là-bas, *Elle* dans *Hell.* Une saison en enfer, les trois autres au paradis : c'est possible. Rimbaud était devenu très bon en anglais, il était attiré par les langues et ce n'est pas par hasard si, en se tournant complètement vers la technique, il s'est mis à étudier aussi l'allemand, l'italien, l'espagnol et, pour finir, l'arabe. Il a beaucoup parlé anglais par la suite, à Chypre, ou comme marin, après sa désertion de l'armée hollandaise à Java, à bord du *Wandering Chief.* Sa vision du voyage transcontinental et intra-cosmique est nette.

Contrairement à ce qu'on a pensé et dit, il n'a renoncé à rien, il ne s'est pas « opéré vivant » de la poésie, il continue de plus belle, mais sans écrire (voilà le scandale) et, quand il s'adresse aux vivants de son temps (partenaires commerciaux, famille), c'est sur le ton le plus banal, le plus plat. Bien sûr. La poésie, la vraie, l'essentielle, celle qui fait que vous possédez la vérité dans une âme et un corps et que vous ne mourez pas, malgré l'apparence, ne s'adresse à personne puisque tout le monde s'en fout. Ce qu'on a dit, on l'a dit, point, le reste est un silence spécial, aussi efficace et actif que l'air pour les poumons, le sang pour le cœur, la digestion pour l'estomac, et « si tu n'es pas trop accablé, l'étude des astres et du ciel ». De l'autre côté, c'est enfin la musique qui n'a pas à être notée. L'avenir est si largement ouvert qu'on peut, dans le présent, aller au plus pressé, au plus concret, exactement comme les animaux-machines qui vous entourent.

La terre est ronde, l'humanité vit son cercle, sa sphère est étroite, ses réflexes criminels et mégalomaniaques ne sont plus à prouver, les poètes et les littérateurs sont des menteurs, restons muet comme la tombe puisqu'on est réellement d'outre-tombe.

Évidemment, une telle désertion, un tel détournement, une telle traîtrise, un casse ou un braquage de cette envergure, n'est pas du goût des passagers du spectacle. Il faudra donc un sacré cinéma pour y remédier. Dans *Total Eclipse*, par exemple, on pourra assister à la violente passion mortifère des deux célèbres poètes gays Verlaine et Rimbaud, la Bête féminine et la Belle infernale virile. «Encore une histoire de pédés», dira le directeur de l'Information à sa copine du magazine. Un autre film, après celui dévoilant l'horrible machiste et destructeur Picasso, soulignera les obsessions éthyliques et sado-masochistes de Francis Bacon. Titre : *Love Is the Devil*. Mais comment donc. Voilà ce qui s'appelle exploiter les publics captifs. Religion d'un côté (Jésus revient), cuir, chaînes et fouet de l'autre, l'idée messianique révolutionnaire étant plutôt au chômage actuellement. Pour les plus raffinés, le tout-occulte est fin prêt. Langue unique, espéranto des désirs, pensée unique, image unique, monnaie unique. «Un petit monde blême et plat, Afrique et Occidents, va s'édifier partout. Puis un ballet de mers et de nuits connues, une chimie sans valeur, et des mélodies impossibles. »

Une littérature unifiée, désespérée comme il se doit, et toujours traduite, dira cela instantanément partout. Quant à *l'autre côté*, là où la mer

se mêle au soleil, c'est tout autre chose. Ici
«Sont les conquérants du monde / Cherchant
la fortune chimique personnelle; / Le sport et
le comfort voyagent avec eux; / Ils emmènent
l'éducation / Des races, des classes et des bêtes,
sur ce Vaisseau. / Repos et vertige / À la lumière
diluvienne, / Aux terribles soirs d'étude…»

En 1954, lisant ce poème des *Illuminations*,
*Mouvement*, Heidegger, qui vient de découvrir
Rimbaud, coupe la parole du traducteur allemand qui commente ces lignes, et, à propos de
l'expression «stocks d'études», lance : «Là est
vue l'essence de la technique moderne!»

Monstrueux, s'éclairant sans fin, — leur stock
    d'études;
Eux chassés dans l'extase harmonique
Et l'héroïsme de la découverte.

    Mais il y a aussi :

Un couple de jeunesse s'isole sur l'arche,
— Est-ce ancienne sauvagerie qu'on pardonne?
Et chante et se poste.


Le ciel est bleu, le mouvement du lac le rend
plus léger et plus sec, les canards de Hyde Park

sont toujours les mêmes et les mouettes toujours différentes, les pentes de gazon, là-bas, montent doucement vers les arbres. Je repense à une phrase d'Alix, un soir qu'on dînait ensemble au Sugar Club : « En somme, on a eu une vie dramatique, mais pas misérable. » Elle a dit ça brusquement : « dramatique, pas misérable ». Et maintenant, sur un banc, au soleil, j'entends se frapper d'eux-mêmes ces coups d'archet des *Illuminations* : « Bien après les jours et les saisons, et les êtres et les pays. » « Remis des vieilles fanfares d'héroïsme — qui nous attaquent encore le cœur et la tête — loin des anciens assassins » « Loin des vieilles retraites et des vieilles flammes ».

« Après »… « Loin »…

Un déluge a eu lieu. Pas celui qu'on croit, un autre. Et il est éternel, mais pas de la même éternité que la mer mêlée au soleil.

C'est surprenant ? Très.

Je pense à Jean, tombé en avant dans l'herbe.

Je pense à Guillaume penché sur sa mort et sur son roman.

À Arnaud lisant une biographie de Rimbaud. À Vincent enlevant son piano dans les notes. À la concentration de Stein jouant aux échecs.

Je pense à Ingrid dans les matins clairs d'Amsterdam. À Maria dans les soirs d'août, sous le magnolia. À la couleur verte de la passerelle du bateau, avec Marion, sur la Giudecca.

À Rimbaud, aussi, avec sa sœur Vitalie, courant et chantant dans le parc.


J'oublie chaque fois qu'en anglais, dans les couloirs d'hôtels, les numéros pairs s'appellent *even* et les impairs *odd*. Je viens donc du côté *even*.

Je sors, je vais voir. La première adresse de Verlaine et de Rimbaud à Londres, le 8 septembre 1872 au soir, est 34-35 Howland Street, près de Fitzroy Square. Le quartier a été rasé et reconstruit après les bombardements des V2 allemands pendant la guerre. Le 34-35 Howland Street est maintenant occupé par les immeubles ultra-modernes de Mc Cann Communication. Faut-il s'étonner si l'une des firmes du groupe, annoncée dans l'entrée comme se trouvant au *ground floor*, s'appelle Alchemy? Non, n'est-ce pas? Je n'invente rien, c'est pratique.

Mais le plus beau, c'est l'énorme et haute tour qui s'élève ici même et qu'on aperçoit de loin, d'un peu partout, dans la ville : BT, Bi Ti, British Telecom. Tour monstrueuse bourrée d'antennes paraboliques et de boucliers genre radar, gigantesque phallus d'ondes, recueil, transmission, diffusion  Tout le téléphonage mondial

223

passe par là, c'est la grande oreille montée de Babel avec ses loupes muettes, attentives, et si elle s'appelle Bite, ce n'est pas ma faute. Le logo de la BT, au sommet de la tour, mais aussi reproduit sur toutes les camionnettes de la compagnie, est d'ailleurs un satyre rouge, blanc et bleu, bondissant et jouant d'une double flûte. Pan !

*CHANSON DE LA PLUS HAUTE TOUR :*

> Qu'il vienne, qu'il vienne,
> Le temps dont on s'éprenne.

Rimbaud, en 1872, n'apprécie guère ce premier voyage et la compagnie ragoteuse des communards réfugiés ici. Il reste jusqu'en novembre, et traverse chaque jour le beau Fitzroy Square où se trouve aujourd'hui, comme par hasard, le London Foot Hospital, flanqué de la School of Podiatric Medecine et de The Bell Language School. Le pied, la jambe, le langage, les voix. Il y a de l'herbe et des arbres. Le soleil brille fort. La tour s'enlève, grise et bleue, d'un seul jet de béton vitré vers le ciel.

Le 28 mai 1873, en revanche, il faut aller jusqu'à Camden Town pour s'installer au 8, Great College Street. La rue s'appelle maintenant

Royal College Street, on la trouve facilement, et le numéro 8 est une maison du dix-neuvième siècle, en brique, plutôt pauvre, dont le bas est crépi à la chaux en train de s'écailler par plaques, comme si on avait tiré dans le mur des rafales de mitrailleuses. Il y a une plaque :

THE FRENCH POETS
PAUL VERLAINE AND ARTHUR RIMBAUD
LIVED HERE
MAY-JULY 1873

Juste à gauche, un petit chemin cimenté très étroit, pour un seul corps à la fois, descend vers un terrain vague. L'arrière de la maison, où végète un jardin sauvage sous les fenêtres aux rideaux blancs, est fermé par une grille et des fils de fer barbelés, genre camp de concentration sans objet. Là aussi, une plaque, mais métallique, aux caractères blancs sur fond bleu clair :

THIS ENTRANCE
MUST BE KEPT
CLEAR

Cette entrée doit rester dégagée, et il est d'ailleurs inutile d'entrer, il n'y a rien à attendre, rien à trouver, rien à espérer.

Un jeune sapin a pourtant poussé là, le vent

le remue. Le reste est à l'abandon, faux garage, impasse, poubelles, dépotoir. Or c'est un fait : la beauté du lieu est stupéfiante. Pas un bruit. Je prends quelques photos, je demande à William Barrett, le chauffeur de taxi qui ne veut pas que je l'appelle monsieur mais Bill, de me photographier devant le mur lépreux de l'entrée. « *French poets ? Long time ago ?* » Ah non, pas long time, just now. Je vois bien qu'il me trouve légèrement cinglé de le faire s'arrêter dans des endroits sans aucun intérêt. « *It's for television* », dis-je pour faire le poids. Ça va mieux. À côté du 8, encore un hôpital, mais cette fois pour animaux, The Beaumont Animal's Hospital. Ça va, ça va. Mais maintenant, Bill, qui m'a pris en sympathie, veut absolument qu'on aille à Carlton Gardens, au numéro 4, là où de Gaulle était en 40. On passe par Regent Park (promenade de Rimbaud en été), on stationne devant l'Appel du 18 Juin gravé en français dans le mur, puisque la France, dit la proclamation, est en danger de mort, c'est le moins que l'on puisse dire depuis longtemps, à bon entendeur salut, on en a vu d'autres. La statue du courageux général minoritaire et fort en gueule est là, en face, un peu étriquée, jambes de coq dans un pantalon trop juste, les Anglais ne l'ont pas loupé, ils ont eu assez d'emmerdements comme ça avec cet

226

illuminé « *A poet ? — Yes, in action !* » Bill est content. Je rentre à l'hôtel.

This entrance must be kept clear !

Keep clear of propellers !

Attention, tenez-vous à distance, ne vous approchez pas, ça happe, ça broie. Restez au large ! Soyez clairs !


Le dimanche 18 mai 1873, avant de partir avec lui pour Londres, Verlaine adresse une drôle de lettre à Rimbaud. Bon, d'accord, il a bu, il lui a déjà demandé quand commencerait ce « chemin de croix », Rimbaud lui apparaît déjà comme un « martyriseur d'enfant » désirable, tout cela est classique. Mais là, dans cette lettre, on peut dire que les mots essentiels sont là : « Mes saloperies de vieux con au bois dormant », « Tu seras content de ta vieille truie ». Et le bouquet : « Je suis ton *old cunt ever open* ou *opened*, je n'ai pas là mes verbes irréguliers. »

Verlaine s'imagine avoir un con *(cunt)* à la place d'un cul. Un con irrégulier, qui n'a pas à avoir ses règles. C'est comme ça, par rapport à Rimbaud, qu'il voit les choses. Rimbaud, lui, va se fatiguer de ce cirque assez vite. Il l'est déjà. Et, bien entendu, tout cela ne peut que mal finir.

On connaît la suite, la mauvaise humeur de Rimbaud qui en a plus qu'assez de son pitoyable frère au songe de chagrin idiot, de ce con toujours ouvert de vierge folle ; le départ soudain de Verlaine avec chantage au suicide, ce qui lui vaut une lettre sarcastique de Rimbaud (après un message ému et intéressé) et une autre lettre fabuleuse de madame Rimbaud mère (« Vous tuer, malheureux ? », sur le thème : entre femmes on se comprend) ; le rendez-vous de Bruxelles, le coup de revolver de Verlaine contre l'Époux Infernal ; le séjour d'une semaine de Rimbaud, blessé au poignet, à l'*Hôpital Saint-Jean* (c'est moi qui souligne) ; l'écriture redoublée d'*Une saison en enfer*, sa publication, son oubli immédiat par l'auteur, qui a compris que, dans cette affaire de tous les diables métaphysiques et apparemment physiques, il avait le monde entier contre lui, mères, amis, révolutionnaires en carton, prêtres, magistrats, militaires, poètes, artistes, esprits bornés du temps, confusion du cul et du con, grimaces, conformisme, clans, fric, bavardages, flics, bestialité subie, asphyxie.

Je lis ici, aujourd'hui, à Londres, un guide de Bruxelles :

« Rue des Brasseurs, I : la maison d'origine a

228

disparu, mais IL FAUT ÊTRE ABSOLUMENT MODERNE, comme le rappelle une très officielle plaque commémorative. Les poètes ardennais Paul Verlaine et Arthur Rimbaud ont en effet séjourné à cet endroit. Pure coïncidence ? L'hôtel abritait vers la même époque les réunions de la Société des libres-penseurs, dont le programme, qu'un Rimbaud n'aurait pas renié, prônait : "Plus de prêtres au mariage, à la naissance ni à la mort", et "La paix se puise dans la négation de Dieu". »

Tu parles. Puisez toujours. Y a-t-il un discours plus clérical ? Oui : son contraire exact.

Comme ça, tout le monde est content. Ainsi vont gracieusement ensemble la bêtise et le fanatisme. Pauvre Rimbaud. Pauvre Belgique.

Le *Times* m'apprend d'ailleurs que l'enquête sur les enlèvements et les meurtres d'enfants dans ce tranquille pays « s'oriente résolument, depuis quelques jours, sur la piste satanique. Une piste qui semble encore irréelle, voire inimaginable mais à laquelle le procureur et ses hommes croient fortement et qui pourrait conduire à la France et aux États-Unis ».

C'est ça, c'est ça. Cherchez bien.

La merveille, c'est que la vérité et l'évidence se déploient et que personne ne les voit :

« Sur les passerelles de l'abîme et les toits des auberges, l'ardeur du ciel pavoise les mâts. »

Les dieux sont là !

Ou encore :

« La mer s'assombrit parfois avec des éclats mortels. »

Les dieux sont là !

Ou encore :

« Des châteaux bâtis en os sort la musique inconnue. Toutes les légendes évoluent et les élans se ruent dans les bourgs. Le paradis des orages s'effondre. »

Ils sont là !

Et ainsi de suite.

Rimbaud n'arrête pas de parler de passerelles, de plates-formes, de rampes, d'escaliers, de piliers, de galeries, de ports, de canaux, de parapets, de promontoires, de terrasses. Il *voit* un autre monde dans ce monde, par exemple « l'humanité fraternelle et discrète par l'univers sans images ». « J'assiste à des expositions de peinture dans des locaux vingt fois plus vastes que Hampton Court », écrit-il. Ou bien : « Les parcs représentent la nature primitive travaillée par un art superbe. Le haut quartier a des parties inexplicables : un bras de mer, sans bateaux, roule sa nappe de grésil bleu entre des quais chargés de candélabres géants. » Ou bien : « Je pense qu'il y a une police. Mais la loi doit être tellement étrange que je renonce à me faire une idée des aventuriers d'ici. »

Je décide d'aller dîner au Mezzo, brasserie branchée à la lumière rasante, exprès, parce qu'il y a beaucoup de bruit. Atmosphère uni-sexe, presque tout le monde en noir, jazz. Le garçon qui me sert est français, il vient de Pointe-à-Pitre. « Je suis assez voyageur, dit-il, vous voyez, je suis chez les Anglais. » Je lui demande s'il a du vrai café espresso. « Bien sûr, dit-il, je ne serais pas resté, *sinon.* »

C'est dans ce brouhaha, en mangeant une demi-langouste et en buvant du saint-estèphe, petit livre posé à côté de soi, qu'il faut lire *Génie* :

« Il nous a connus tous et nous a tous aimés. Sachons, cette nuit d'hiver, de cap en cap, du pôle tumultueux au château, de la foule à la plage, de regards en regards, forces et senti-ments las, le héler et le voir, et le renvoyer, et sous les marées et au haut des déserts de neige, suivre ses vues, ses souffles, son corps, son jour. »

Verlaine sent, pressent, endure, mais ne comprend pas grand-chose. Il croit qu'*Une saison en enfer* est une «autobiographie psychologique». Il reconnaît qu'il s'agit d'une «prose de diamant», mais «peu de passion se mêle à la plutôt intellectuelle et en somme chaste odyssée». On croirait lire un critique littéraire d'aujourd'hui. Cependant, il note, à propos de Rimbaud, que «les mathématiques l'attiraient par leur précision divine», qu'il était un «prodigieux linguiste». Mais, dites-moi est-ce que tout cela n'est pas loin de la poésie authentique, du sentiment vrai, du *vécu*? Ne nous éloignons-nous pas ici de l'*humain*? Toujours revient la lancinante obsession physique. Rimbaud était «simple comme une forêt vierge et beau comme un tigre. Avec des sourires et de ces sortes de gentillesses!» On entend maintenant les phrases mêmes que prononce la vierge folle dans *Une saison*, que, pourtant, Verlaine a eu sous les yeux. Mais, encore une fois, qui a lu ce livre? Ce qui s'appelle lire, à fond, c'est-à-dire en sachant soi-même vivre à fond? Personne. Verlaine note que le volume «sombra corps et bien dans un oubli monstrueux, l'auteur ne l'ayant pas "lancé" du tout. Il avait bien autre chose à faire.» Sans doute, mais *quoi*? Plus tard, Verlaine, un peu au hasard, assurera que Rimbaud mène une vie très agréable à Aden, qu'il s'occupe là-bas de gigantesques travaux. Quant aux *Illuminations,* il s'agit de « superbes fragments à tout jamais perdus, nous le craignons bien ».

Nous le craignons bien, ou nous l'espérons bien ?

Commence la légende des poètes maudits. Rimbaud, maudit malgré lui : elle est bien bonne. Adolescent éternel, beau comme un tigre, opéré vivant, trafiquant, surréaliste, traître, mystique à l'état sauvage, converti de force, gauchiste, petit-bourgeois conventionnel avare, ésotériste ou soufi secret, n'en jetez plus, la planète est pleine.

L'envie, la jalousie, l'appropriation et l'annulation mènent le monde humain comme la matière. Toute conscience veut la mort de l'autre, chacun tue ce qu'il aime, c'est plus fort que lui ou elle, vous m'en remettrez mille tonnes, c'est la loi noire de la forêt pas vierge du tout. Dès qu'une force paraît, il faut lui soutirer immédiatement de l'amour, de l'argent, de la protection, de la sécurité, de l'avancement, des enfants ou encore, si c'est un poète, de la puissance spermatique magique. En réalité, Verlaine commence par *acheter* le corps et la poésie de Rimbaud, c'est un investissement, une tentative d'usure, d'incorporation. Il agit ainsi, avec une intuition géniale, au nom de tout le milieu futur.

Bien vu.

Le révérend Mallarmé, lui aussi, sent, pressent, et même calcule l'énorme danger. Rimbaud ne doit pas être un astre ou une étoile annonçant un nouveau monde, mais un « météore allumé sans motif autre que sa présence, issu seul et s'éteignant. Tout, certes, aurait existé, depuis, sans ce passant considérable, comme aucune circonstance littéraire n'y prépara : le cas personnel demeure avec force ».

Comment ça, « Tout aurait existé » ? Et pourquoi ne pas préférer un météore à un calme bloc, ici-bas, chu d'un désastre obscur ? Et pourquoi s'agirait-il d'être « littéraire » ? En réalité, le révérend Mallarmé parle pour la société des gens de lettres dont il est, bien entendu, le joyau incontesté. Mais voilà, le désir perce. Rimbaud, tout jeune, en arrivant à Paris chez Banville, qui lui prête une chambre de bonne, s'est déshabillé et montré nu à la fenêtre. Il ressemblait à une fille du peuple, il avait de « vastes mains de blanchisseuse annonçant des métiers plus terribles appartenant à un garçon ». C'était un « gars », voyez-moi ça, il avait une « bouche au pli boudeur et narquois », il couchait souvent dehors, sur des péniches, c'était un sans-domicile fixe, on ne le tenait pas, il perturbait l'office religieux poétique, les réunions amicales, les félicitations, les congratulations, les récitations. Il ne voulait aboutir à aucun livre sacré, le monde ne lui semblait pas renfermable dans un missel ou un rituel, et puis, disons-le tout net, il est lui-même trop excitant avec ses vastes mains, son pli boudeur, passons. Le révérend Mallarmé, comme par hasard, sera en correspondance avec madame Rimbaud mère pour le mariage de sa fille Isabelle avec Paterne Berrichon, sur lequel il donne les meilleures recommandations. C'est le grand parrain, Mallarmé, l'oncle avisé, l'absent virginal de tous les bouquets de noces ou des couronnes d'enterrements. J'aime l'horreur d'être vierge, dit-il. La mort triomphe dans cette voix étrange. Un frisson glacé traverse le temps. Le chanoine Claudel, énervé par sa propre sœur qui se fait tripoter par Rodin, va se cogner contre Rimbaud, transformé en pilier, à Notre-Dame de Paris. Indignés, les surréalistes enrôlent aussitôt Rimbaud dans l'armée révolutionnaire. Victor Hugo, entre deux tables tournantes, le compare à Shakespeare enfant, Zola le trouve assommant, Malraux le perd de vue dans ses passes magnétiques nocturnes, le Panthéon peut dormir tranquille. Proust n'en parle jamais, et pour cause, Gide et Valéry l'ignorent, Céline s'en souvient vaguement à travers Villon, Sartre le confond avec Genet, Camus lui reste étranger, Breton l'estompe dans l'amour fou, les tarots et le Moyen Âge, Aragon le cherche sous la mous-

235

tache de Staline avant de le poursuivre fébrilement, à la fin de sa vie, chez des blanchisseurs. Ce Rimbaud, que voulez-vous, c'est un démon, *ce n'est pas un homme.*

Il est quand même extraordinaire que les expressions devenues courantes dans le discours politique de propagande, par exemple le fameux « changer la vie », soient dites, dans *Une saison en enfer,* précisément par la Vierge Folle. Voici comment elle s'exprime : « La vraie vie est absente. Nous ne sommes pas au monde. » Elle compare l'Époux Infernal à un enfant, à une mère méchante, à une petite fille au catéchisme, à une jeune mère (décidément), à une sœur aînée. C'est elle qui déclare : « Je reconnaissais, — sans craindre pour lui, — qu'il pouvait être un sérieux danger dans la société. — Il a peut-être des secrets pour *changer la vie ?* Non, il ne fait qu'en chercher, me répliquais-je. » L'Époux Infernal, ce « cher corps endormi », a une « charité ensorcelée ». « Il n'a pas une connaissance, il ne travaillera jamais. Il veut vivre somnambule. » Il domine, il est incompréhensible, c'est Dieu, c'est le Diable, il est bon, méchant, cruel, doux, sadique, charitable, mortel, immortel, bref il *féminise.* « Un jour peut-être [dit la Vierge Folle] il disparaîtra merveilleusement ; mais il faut que je sache, s'il doit remonter à un ciel, que je voie un peu l'assomption de mon petit ami ! »

La Vierge moderne est tellement folle qu'elle confond ascension et assomption, on va donc droit au coup de revolver hallucinatoire. Rimbaud, lui, poursuit ce qu'il a appelé un jour ses « études néantes », c'est-à-dire, bien entendu, un maximum de formes, de sons, de couleurs. Un jour il disparaîtra, pas du tout merveilleusement, mais auparavant il aura bien marqué qu'il ne communiquait plus son expérience, frustrant ainsi toute la ménagerie sociale et sexuelle sur ce point capital. Comme personne ne pourra dire qu'il est devenu fou, comme il ne s'est pas suicidé ni autodétruit dans l'alcool, la débauche ou la drogue, l'effet sera explosif.

« Aucun des sophismes de la folie, — la folie qu'on enferme, — n'a été oublié par moi : je pourrais les redire tous, je tiens le système. »

Moralité : le vieux complot ensembliste et morbide saute en l'air, et il ne reste plus aux différents clergés bariolés qu'à faire comme si de rien n'était. La liberté ne se fonde que sur elle-même, la poésie est débarrassée de tout ce qui n'est pas elle, beaucoup en apparence, mais rien de réel.

Le 20 novembre 1972, à Fribourg, le vieil Heidegger se demande toujours, à propos de Rimbaud, ce que c'est que *vraiment se taire*. « Ce silence, écrit-il, est *autre* chose que le simple mutisme. Ce ne-plus-parler est un avoir-dit. »

Il ajoute : « Entendons-nous avec une suffisante clarté ce que Rimbaud a *tu* ? Et voyons-nous là déjà l'horizon où il est arrivé ? »

Peut-être.

Juste ceci :

« Cette région d'où viennent mes sommeils et mes moindres mouvements. »

Ou, de plus en plus simple :

« L'habitation bénie du ciel et des ombrages. »

Ça suffit.

Cependant, il continue à rouler à tombeau ouvert. Quoi? Le charnier. C'est la mère collée à la mort.

Quelqu'un qui le sait au-delà de toute mesure, c'est bien Hölderlin, prisonnier d'office, pendant trente-sept ans, dans la tour du menuisier Zimmer. Sa mère dispose de l'argent de sa pension chez l'honnête artisan, elle spécule d'ailleurs sur sa part d'héritage et sur ce qui lui est alloué par les autorités pour l'entretien discret de son fils scandaleux. N'oublions pas que celui-ci aurait dû devenir pasteur et que sa raison est restée en France.

Hölderlin a, depuis longtemps, fait ses comptes. Où aller? Nulle part. À qui se confier? Personne. Sa mère a le pouvoir de le faire interner de nouveau quand elle veut. Il a déjà subi, à la clinique de Tübingen, un traitement atroce d'abrutissement avec masque de cuir, absorptions massives, dans des tisanes de camomille, de belladone, de digitale, d'opium, de poudre de mercure et de cantharide. Plus jamais ça. Le temps a passé, mais pas *ce temps-là*, celui de la violence humaine : il y a une horloge invisible pour cet épouvantable cri de souffrance et d'horreur, à travers les minutes, les siècles.

Il faut donc être prudent et gagner du temps. Pour quoi faire ? Rien, justement. Le devoir est là, l'engagement pour toujours, le témoignage sûr, à travers cette ruse innocente et divine. Chaque mois, quand l'argent de la nourriture et du linge doit tomber de la poche de sa mère qui ne vient jamais le voir, Hölderlin devient plus nerveux. Zimmer vient doucement dans sa chambre, attend qu'il ait fini de jouer un morceau sur son épinette, ou qu'il interrompe sa déclamation, par la fenêtre, d'Homère, de Pindare, de Sophocle ou d'*Hypérion*. C'est étrange, on dirait que les arbres l'écoutent avec douceur, que le Neckar gonfle de plaisir sous les rythmes. Enfin, on n'est pas là pour rigoler, il faut écrire au commissariat central, à votre mère, Friedrich, à votre mère, votre mère, voyons, votre mère. Ah oui, c'est vrai, la Nature, notre mère. Mais non, voyons, Friedrich, votre mère humaine, votre vénérable et pieuse mère, allons, ne faites pas l'enfant, vous savez bien que je ne suis qu'un pauvre homme qui doit gagner son pain et son vin. Et puis Lotte, vous aimez bien Lotte, je crois,

240

Lotte vous demande comme moi d'écrire à votre mère.

Mais oui, il le faut.

Donnez-moi du papier et une plume.

Et voici donc la correspondance non datée, dite des dernières années, une des plus déchirantes de tous les temps, avec celle de Rimbaud depuis le Harar jusqu'à Marseille. On évite de lire ces lettres sous prétexte qu'elles se répètent, qu'elles sont stéréotypées, qu'elles ne disent rien sauf l'aliénation de leur auteur. Mais non : on ne les lit pas parce qu'elles font trop mal, qu'elles tapent exactement où il faut, en tout bien tout honneur.

« J'ai l'honneur de vous témoigner que j'ai dû éprouver une grande joie à la réception de votre lettre... Je suis pressé. »

« S'il ne m'est pas possible d'être pour vous aussi intéressant que vous l'êtes pour moi, c'est le côté négatif qui réside dans le respect même que j'ai l'honneur de vous témoigner. »

« Je me permets de présenter mes hommages respectueux à votre cœur maternel et à votre perfection coutumière. »

« Le divin, tel que celui auquel l'homme aussi est accessible, s'ajoute par prodige à un effort plutôt naturel de l'homme. Je vous demande pardon de m'être communiqué à vous avec ce manque d'égards. »

« Si je suis si peu capable de m'entretenir avec vous, c'est parce que je suis tellement occupé par les pensées que je vous dois. Ce qui vous intéresse par ailleurs, de ma part en quelque sorte, c'est votre santé, le repos de votre âme parfaite et l'intérêt qu'avec votre âme vous portez à cette vie. »

« L'occasion de m'exprimer m'a été si rarement accordée dans la vie, parce qu'au temps de ma jeunesse j'aimais m'occuper de livres et qu'ensuite je me suis éloigné de vous... [excellent, excellent, murmure Zimmer]. Votre exemple, vos exhortations à la vénération d'un Être supérieur m'ont d'ailleurs été utiles jusqu'à présent, et ce que de pareils objets de l'âme ont de représentable en soi se confirme donc aussi du fait que vous y êtes mêlée dans cette vie. »

(Le pasteur, à qui madame Hölderlin montre cette lettre, se demande si ce fils n'est pas un malin qui se fout de la gueule de sa mère. Mais enfin, il est question d'un Être supérieur, donc tout va bien.)

«J'espère jusqu'à nouvel ordre pouvoir vous écrire une bien longue lettre, dès que je serai venu à bout des sentiments que je vous dois.»

(Qu'est-ce qu'il veut dire ? Il faut le surveiller de plus près.)

Zimmer insiste chaque fois pour qu'il commence par un «Très vénérée madame ma Mère», et qu'il n'oublie pas de signer «Votre fils obéissant».

Par moments, Zimmer trouve qu'il exagère. Mais rien à faire, il ne veut rien ajouter. Ce qui est écrit est écrit, dit-il. Et il s'en tient là.

«Je prends la liberté de vous écrire une lettre, c'est presque devenu une habitude.»

«Je vous écris de nouveau. La répétition de ce qu'on a écrit n'est pas toujours une affaire inutile.»

«Si vous vous portez bien, je m'en réjouis étonnamment. Mais il va falloir encore que je termine vite.»

Voici l'une de mes préférées :

«Très vénérable Mère,
Pouvoir profiter d'une occasion de vous écrire

ne m'est nullement désagréable. Ne serait-ce que pour exprimer les compliments de mon être placé sous votre dépendance et les tentatives de mon âme dévouée à votre persistante bonté, que je voudrais certifier par le contenu de ces lettres qui ne sont assurément pas écrites sans dévouement. Il ne faut pourtant pas m'en vouloir si je m'arrête déjà.

Je suis votre très obéissant fils

Hölderlin »

L'humour porté à ce point est réellement divin.

« Ce que je dis, je dois le dire en aussi peu de mots que possible, et je n'ai maintenant pas d'autre façon de dire. »

Parfois, il fait peur, exprès, à cette prude piétiste :

« Très chère Mère,

Ces jours-ci il faut probablement comme par une grâce par rapport au Pape que j'aille jusqu'à vous rendre visite. Afin que ces visites ne soient pas troublées, j'aborde par écrit un objet plus croyable ou plus incroyable, les discours sur la fortune, qui paraissent en quelque sorte répétés.

Ayez donc la bonté de rassembler ceci.

Votre fils véritablement obéissant

Hölderlin »

Me rendre visite ? Mais il est fou ! Le scandale que cela serait ! Allons, une somme supplémentaire à Zimmer. Il voulait de nouveaux pantalons, je crois.

Mais la plus belle lettre est peut-être celle-ci :

« Pardonnez-moi, très chère Mère, si je ne réussis pas à me rendre tout à fait compréhensible pour vous. Je répète poliment ce que j'ai pu avoir l'honneur de vous dire. Je demande au Dieu de bonté, comme je m'exprime en savant, de vous aider en tout et moi.

Prenez soin de moi. Le temps est d'une précision littérale et tout miséricordieux.

En attendant, votre très obéissant fils

Hölderlin »

LE TEMPS EST D'UNE PRÉCISION LITTÉRALE
ET TOUT MISÉRICORDIEUX.

Le signalement policier de Hölderlin à Lyon, le 9 janvier 1802, le décrit ainsi : « Trente-deux ans, 1m76, cheveux et sourcils châtains, yeux bruns, nez moyen, bouche petite, menton rond, front couvert, visage ovale. »

Mais voici son passeport, délivré le 10 mai de la même année au commissariat général de police de Bordeaux : « 1m77, cheveux châtains, sourcils *idem*, visage ovale, front haut, yeux bruns, nez long, bouche moyenne, menton rond. »

Un centimètre de différence, et front « haut » au lieu de « couvert ».

Le même passeport porte, le 7 juin 1802, le cachet du secrétaire général de la mairie de Strasbourg, « pour passer le pont de Kehl le 18 prairial an X ».

On peut rêver longtemps devant ce *prairial*. La reine Victoria le disait souvent : ces Français sont fous.


En juillet 1799, Hölderlin écrit à sa sœur Heinrike, sa cadette de deux ans :

« Chaque homme pourtant a sa joie, et qui peut la dédaigner tout à fait ? La mienne est à présent le beau temps, le clair soleil et la terre verte... Si je deviens un jour un enfant à cheveux gris, il faudra que le printemps et le matin et la lumière du soir me rajeunissent encore un peu chaque jour, jusqu'à ce que je sente la fin, que j'aille m'asseoir à l'air libre et de là m'en aille — à l'éternelle jeunesse ! »

Un des plus beaux poèmes de Hölderlin, au printemps 1801, s'intitule *Chanté au pied des Alpes* :

Être seul avec les puissances du ciel, et
Passe la lumière, passe le torrent, passe le vent, et
Le temps s'élance vers son terme — être là,
De pied ferme,
Je ne connais pas plus grand bonheur, je ne
Souhaite rien de plus, tant que
Tel le saule arraché à la rive,
Le flot du temps ne m'emportera pas avec lui
De force. Alors, blotti dans son sein,
Je dormirai.

Le 23 février de la même année, il écrit, toujours à sa sœur (décidément, les sœurs...) :
« J'habite au milieu d'un jardin dont les saules et les peupliers sont sous ma fenêtre, au bord d'une eau transparente qui m'enchante la nuit de sa rumeur quand tout est silence, et que, sous la sérénité du ciel constellé, je songe ou j'écris. »
Il vit vraiment sa vie dans cette dimension, Hölderlin : jardins, rumeur de l'eau, sommeil, ciel constellé, songes, mots. C'est la même étoffe, tout ça, haut et bas, droite et gauche,

sphère et cadran, feu blanc, feu noir. Il suffit, dit Rimbaud, de tenir le pas gagné. Voilà le verbe silencieux à l'œuvre, la gravitation des saisons libérées de la prison du calendrier. Ce qui se dévoile ainsi, c'est qu'un homme normal, au fond, est miraculeux, mais qu'il arrive très rarement à le dire. S'il y parvient, il aura toute chance d'être crucifié, tué ou tenu pour dérisoire ou fou. Passons donc pour fou, laissons-leur leurs images.

En avion, au-dessus des Alpes, surtout par le sud, en allant, par exemple, de Barcelone à Zurich, je pense à cette petite forme humaine, à ce point microscopique invisible, qui aura été là, au pied des montagnes en train de chanter. Sa voix nous parvient mieux que jamais, il me semble. « Ce que tu cherches, cela est proche, et vient déjà à ta rencontre. » Puis : « Maintenant, je suis assis sous les nuages, dont chacun a son repos particulier. » Une autre fois : « Le nuage doré de l'enchantement ruisselle en bas, en sons amis, en sons rapides. » Plus tard : « Les jolis jardins éprouvent les saisons sur le canal, mais tout en bas s'étend le monde de la mer, brûlant et lisse. »

Je suis on ne peut plus éveillé, ici, maintenant, dans ma chambre, à Londres, et pourtant j'ai l'impression de dormir profondément, à poings fermés, comme on dit, comme un caillou dans la mer. Je me lève, je marche, et tout est absorbé. Ma vie, depuis un an, est une grande plage brillante et sombre. Aucune nouvelle de Stein. Je dis le plus souvent à Marion ce qu'elle a envie d'entendre, je l'écoute, j'aime ses yeux. Les écrans s'allument et s'éteignent, on voit l'Enfer mécanique, mais c'est comme si rien n'avait lieu que ces sonorités suspendues, magiques, s'engendrant ici toutes seules :

Il y a des fleurs
non poussées de la terre
Elles grandissent de soi-même du sol vide.

Ou bien :

Dans l'été la tendre fièvre
entoure tous les jardins.

Ou, encore plus simple :

La clarté du soleil emplit mon cœur de joie.

C'est drôle et écœurant : la Momie se croyait immortel. Son règne se poursuit, sans doute, et son culte aussi, appelons-le le dix-neuvième siècle en soi, l'incurable mufle d'avidité et d'idiotie qui a enfermé Hölderlin et chassé Rimbaud d'un continent où la folie rôde. Et pourtant, ça ne tourne plus, c'est fini. Et ce n'est même pas une bonne nouvelle. Le bourgeois, le petit-bourgeois, le prêtre, l'ouvrier, le paysan, le militant, le policier, l'anarchiste sont aussi vidés de sens que les chevaliers en armure d'autrefois ou les aristocrates en perruque. Pour les femmes, pareil. Ça ne se fait plus, voilà tout.

La vieille nomenklatura se retrouve, ces temps-ci, à Saint-Pétersbourg : sainte Russie, à l'aide ! Après le pacte nazi-stal, ou prusso-russien, ça espère toujours : le contrat pasteur-pope change de mausolée, de formol, de lifting, de rôle.

Cependant, les grands discours, l'éloquence bavarde, les retours d'alexandrins, les chansons, le vacarme humaniste, les bons ou les mauvais sentiments, la littérature, le cinéma dit littérature, tel que les journaux voudraient absolument qu'il soit, tout cela s'éteint, se fond, se disperse. Les crimes s'entassent, les révélations misérables aussi, la bêtise et la malveillance font leur travail, l'ignorance aboie, mais voilà :

silence, rien, pas une ride, autant en emporte le vent sur la steppe ou dans la toundra, et Hölderlin, toujours lui, s'impose avec ses équations lumineuses de base : « Le sens de la claire image vit tout entier. » Ou : « Le soir va s'achever dans la fraîcheur. » Ou : « Les jours différents déploient leur clarté. » Ou (et comme c'est vrai) : « C'est avec le meilleur que l'homme se façonne. » Ou, pour changer en restant le même : « Les jours se mêlent dans un ordre plus audacieux. »

L'instant, rien d'autre, la notation pure et simple : une énorme liberté insoupçonnée est là.

« Croyez bien, écrit un jour Rimbaud aux siens depuis son purgatoire oriental, croyez-bien que ma conduite est irréprochable. Dans tout ce que j'ai fait, ce sont plutôt les autres qui m'ont exploité. »

On le croit.

On le croit aussi quand il les assure que, s'il avait les moyens de voyager « sans être forcé de séjourner pour travailler et gagner l'existence » (gagner l'existence !), on ne le verrait pas deux mois à la même place. « Le monde est très grand et plein de contrées magnifiques que l'existence de mille hommes ne suffiraient pas à visiter. »

Immobilisé de force par son histoire de genou et de jambe, pendant que l'autorité militaire se demande où il est passé : on peut difficilement imaginer un destin plus insolite ou plus atroce. Les lettres de juillet 1891, écrites depuis l'hôpital de la Conception, à Marseille, sont là pour en témoigner.

Le 10 :

«Je recommence donc à béquiller. Quel ennui, quelle fatigue, quelle tristesse en pensant à tous mes anciens voyages, et comme j'étais actif il y a seulement cinq mois ! Où sont les courses à travers monts, les cavalcades, les promenades, les déserts, les rivières et les mers ? Et à présent l'existence de *cul-de-jatte* ! [...] la vie est passée, je ne suis plus qu'un tronçon immobile. »

Aucun doute, Rimbaud retrouve, quand il le veut, son *grand style*. Mais ce qui gêne tout le monde, c'est le genre de déclaration qui va avec : «Et moi qui justement avais décidé de rentrer en France cet été pour me marier ! Adieu mariage, adieu famille, adieu avenir ! »

Isabelle, elle, entend très bien ce genre de proposition.

Mais n'est-ce pas le même Rimbaud qui nous dit, dans *Une saison en enfer* :

«Je n'aime pas les femmes. L'amour est à réinventer, on le sait. Elles ne peuvent plus que vouloir une position assurée. La position gagnée, cœur et beauté sont mis de côté : il ne reste que froid dédain, l'aliment du mariage, aujourd'hui. Ou bien je vois des femmes, avec les signes du bonheur, dont, moi, j'aurais pu faire de bonnes camarades, dévorées tout d'abord par des brutes sensibles comme des bûchers… »

De « bonnes camarades », avec les « signes du bonheur », voilà ce qu'on devrait rechercher et trouver, sans cesse, en n'oubliant pas « que la débauche est bête, que le vice est bête, et qu'il faut jeter la pourriture à l'écart ».

Le vice aussi bête que la vertu ? Ce n'est pas peu dire.

Le 15 juillet (il fait toujours très chaud, à midi de trente à trente-cinq degrés, la nuit de vingt-cinq à trente, alors que la nuit du Harar ne dépasse jamais dix ou quinze) ; tout est invivable et cher, l'hôpital coûte dix francs, « docteur compris ».

« Je suis à peine capable de mettre mon soulier à mon unique jambe… Je passe la nuit et le jour à réfléchir à des moyens de circulation : c'est un vrai supplice ! Je voudrais faire ceci et cela, aller ici et aller là, voir, vivre, partir : impossible, impossible au moins pour longtemps, sinon pour toujours. »

La devise de Rimbaud : *voir, vivre, partir.*

« Il faut faire l'acrobate tout le jour pour avoir l'air d'exister. […] Voilà le beau résultat : je suis assis, et de temps en temps, je me lève et sautille une centaine de pas sur mes béquilles, et je me rassois. Mes mains ne peuvent rien tenir. Je ne puis, en marchant, détourner la tête de mon seul pied et du bout des béquilles. La tête et les épaules s'inclinent en avant, et vous bombez comme un bossu. Vous tremblez à voir les objets et les gens se mouvoir autour de vous, crainte qu'on ne vous renverse, pour vous casser la seconde patte. On ricane à vous voir sautiller. Rassis, vous avez les mains énervées et l'aisselle sciée, et la figure d'un idiot. Le désespoir vous reprend et vous restez assis comme un impotent complet, pleurnichant et attendant la nuit, qui rapportera l'insomnie perpétuelle et la matinée encore plus triste que la veille, etc., etc. La suite au prochain numéro.

Avec tous mes souhaits.

RBD »

Les deux expressions finales, « La suite au prochain numéro » et « Avec tous mes souhaits », donnent la mesure de la lucidité d'acier de Rimbaud, qui signe, ici, avec seulement trois lettres de son nom. Même froideur, même regard distancié, quant aux causes de sa maladie : reconnaissance de ses erreurs par excès de volonté, sûreté du diagnostic, précision clinique.

Les *Proses évangéliques* de Rimbaud sont contemporaines d'*Une saison en enfer*. Elles sont écrites sur le même papier que certains brouillons, par exemple *Mauvais Sang* ou *Nuit de l'enfer*. On ne fait pas très attention à ces courts textes très travaillés, dont l'un au moins, le dernier, est d'une écriture vigoureuse et allègre. La question se pose, et elle divise les spécialistes, de savoir s'ils ont été écrits au printemps, avant Londres et le drame de Bruxelles, ou après.

Je penche pour après.

Le point est important, puisque le personnage principal de ces récits n'est autre que le Christ lui-même. Rimbaud reprend le texte de saint Jean, et, bien entendu, le voit de l'intérieur de son expérience. Londres devient la Samarie ou la Galilée, elle est la parvenue, la perfide, « plus rigide observatrice de sa loi protestante que Juda des tables antiques. Là, la richesse universelle permettait bien peu de discussion éclairée. Le sophisme, esclave et soldat de la routine, y avait déjà, après les avoir flattés, égorgé plusieurs prophètes ».

Rimbaud ajoute : « Les hommes et les femmes croyaient aux prophètes. Maintenant, on croit à l'homme d'État. »

Ce « maintenant » est loin de nous puisque, chacun le sait, la grimace de l'homme d'État ne peut plus cacher les virements intensifs et instantanés sur la diagonale des comptes. L'échange s'échange tout seul, la mascarade s'écrit. Je repense à un mot de Stein : « N'oubliez pas que nous ne combattons pas des personnes, mais des rictus. » Et aussi : « Vous connaissez sûrement la distinction que fait saint Augustin entre les démons, immortels malheureux, et les hommes, mortels bienheureux. La Momie était un immortel malheureux. S'il constatait que le Pouvoir ou l'Argent ne pouvaient pas *tout*, son monde s'effondrait, l'angoisse devenait convulsive. Vous savez ce qu'il a dit, sur la fin, à l'un de ses proches, après s'être bourré d'huîtres et d'ortolans : "Je suis dévoré de l'intérieur." Dans les derniers jours, il relisait Zola. Ça vous étonne ? »

« Jésus, reprend Rimbaud, n'a rien pu faire à Samarie. » En Galilée, dit-il, il fouette les changeurs et les marchands du temple, accomplit une guérison, va se promener dans la campagne. Ce qui intéresse Rimbaud, c'est de voir comment Jésus *voit* la campagne : « Il vit au loin la prairie poussiéreuse, et les boutons d'or et les marguerites demandant grâce au jour. »

Mais le plus étonnant des trois récits, bref et monumental, est celui de la piscine des « cinq galeries », Beth-Saïda, qui est « un point d'ennui », un « sinistre lavoir toujours accablé de la pluie et moisi ». Maintenant, c'est l'orage, précurseur des « éclairs d'enfer ». Les mendiants infirmes qui sont là ont des « yeux bleus aveugles », des linges blancs ou bleus entourent leurs moignons. L'eau est toujours noire, elle est censée guérir ceux qui s'y plongent à un certain moment de la lumière. Mais nul infâme infirme n'y tombe « même en songe ».

En réalité les corps sont possédés par les péchés, « fils tenaces et légers du démon ». Pour les « cœurs un peu sensibles », ils rendent ces hommes « plus effrayants que des monstres ».

Voici la scène :
« Jésus entra aussitôt après l'heure de midi. Personne ne lavait ni ne descendait de bêtes. La

lumière dans la piscine était jaune comme les dernières feuilles des vignes. Le divin maître se tenait contre une colonne : il regardait les fils du Péché ; le démon tirait sa langue en leur langue ; et riait ou niait.

« Le Paralytique se leva, qui était resté couché sur le flanc, et ce fut d'un pas singulièrement assuré qu'ils le virent franchir la galerie et disparaître dans la ville, les Damnés. »

Rimbaud, depuis l'hôpital Saint-Jean, à Bruxelles, se trouve déjà à l'hôpital de la Conception à Marseille, et devient lui-même le Christ et saint Jean. C'est tout simple. N'oublions pas ses *sœurs*, invoquées dans *Dévotion*, l'un des plus beaux et des plus énigmatiques poèmes des *Illuminations* : Louise Vanaen de Voringhem (« Sa cornette bleue tournée à la mer du Nord — Pour les naufragés. ») et Léonie Aubois d'Ashby (« Baou — l'herbe d'été bourdonnante et puante. — Pour la fièvre des mères et des enfants. »). N'oublions pas non plus Lulu (« — démon — qui a conservé un goût pour les oratoires du temps des Amies et de son éducation incomplète »).

Est-il besoin de se souvenir du couvent du Saint-Sépulcre ? Inutile d'insister, la démonstration est faite, on peut se déplacer librement dans les Évangiles et les écrire à partir de sa perception. C'est une formidable révolution.

Le *Dictionnaire des idées reçues* était une très bonne idée, devenue elle-même une idée reçue. Il reste à définir, de façon électronique, le programme condensé des romans, poèmes et essais tout faits. Les machines développeront les détails.

On dispose aussi, à Pavlov City, du logiciel des idées *imposées*.

Exemple :

HÖLDERLIN. Vous répétez immédiatement, et sans vous lasser, folie, désespoir, amour contrarié tragique ; vous montrez Bordeaux comme une ville froide et fermée, pleine de bourgeois tarés sous la pluie, les rues sont désertes, l'horizon malsain.

HEIDEGGER. Vous répétez sans cesse nazisme-Hitler, nazisme-Hitler ; vous publiez les photos du coupable irresponsable, bouffi d'orgueil, à petite moustache criminelle ; vous insistez sur ses mains boudinées d'adultère hypocrite, son air sournois et salaud.

RIMBAUD. Vous martelez publicitairement, en connexion avec le syndicat d'initiative culturelle de la région, Harar-Yémen, Harar-Yémen; vous vous élevez violemment contre sa sœur; vous repoussez, avec mépris ou commisération, toute interprétation transcendantale. Dans un genre plus acide ou plus insidieux, vous pouvez aller jusqu'à triste fin de petit-bourgeois conventionnel, poète pour adolescents attardés, ou même, s'il le faut, jeune pédéraste prétentieux.

Et ainsi de suite.


Qu'on le veuille ou non, qu'on le déplore ou non, le français est la langue de la Révolution. Par définition, on est pour ou contre, plutôt contre que pour. On fait semblant, on est gêné, irrité, attiré, repoussé, on aimerait s'en débarrasser. Qui dit Révolution dit automatiquement Contre-Révolution. Cette dernière prend le dessus par la force, mais son inquiétude est violente.

En 1789, le mot clé est « naissance »; en 1871, « travail »; en 1968, « jouissance ». Tous les hommes naissent libres et égaux, le Travail doit l'emporter sur le Capital; ne travaillez jamais, jouissez sans entraves.

La Contre-Révolution, donc, s'empare de la naissance par la domination biologique, de la valeur d'usage par la valeur d'échange devenue folle, et enseigne désormais une jouissance obligatoire exclusivement sociale.

Le pacte nazi-stal avait deux buts immédiats : supprimer l'esprit espagnol, anéantir l'esprit polonais. Le reste devait suivre.

Je revois Maria, maintenant, le chemin de montagne dans les Pyrénées, je l'entends parler et chanter.

Sans Ingrid, là-bas, à Amsterdam, je n'aurais pas su grand-chose de la Pologne.

Depuis, le globe terrestre, couvert de bruit, de pseudo-musique et d'images, s'occupe à plein temps de sa propre disparition. C'est sa crise atomique et génétique, son destin d'astre errant. Et pourtant, ce qui sauve n'a jamais été plus fort, plus sensible, cela monte invisiblement et à fleur de peau hors du fond.

Ô bonheur, ô raison.

Rimbaud dit, dans *Une saison en enfer* : « Je ne suis pas prisonnier de ma raison. »

Et plus tard :

## « À UNE RAISON

Un coup de ton doigt sur le tambour décharge tous les sons et commence la nouvelle harmonie.

Un pas de toi, c'est la levée des nouveaux hommes et leur en-marche.

Ta tête se détourne : le nouvel amour ! Ta tête se retourne — le nouvel amour !

"Change nos lots, crible les fléaux, à commencer par le temps", te chantent ces enfants. "Élève n'importe où la substance de nos fortunes et de nos vœux", on t'en prie.

Arrivée de toujours, qui t'en iras partout. »

Le nouvel amour, d'un coup de doigt harmonique, change la nature du temps. Il peut donc venir de toujours et s'en aller partout.

On n'a jamais rien écrit de plus libre.

J'ai dû aller de Londres à Venise pour vérifier de nouveau ce qu'à la Centrale nous avons pris l'habitude d'appeler le bateau. Le bateau est là, il est ancré comme il faut, le printemps est lumineux comme un bel automne. Les contacts sont indifférents, normaux. Pendant le week-end, un vrai bateau, lui, est entré en scène, le *Splendour of the Seas*, d'Oslo. Et là, pendant que je dîne légèrement sur les quais, au Sole Luna, la surprise : Diana.

Elle est norvégienne, elle ne fait que passer, elle a vingt-huit ans, elle s'occupe d'archéologie, elle est très jolie, très blonde, très rieuse. La liberté, c'est qu'il y a le hasard, et pas de hasard. La nécessité, c'est la chance. Une bouche, un baiser profond, et tout est changé : les environs, l'air, les tables, les chaises, les lumières, l'eau, le vin, le temps. Le meilleur passé fait signe. Des cheveux blonds, des yeux bleus, une moue, des

264

lèvres, un cou, un menton : la nature est mangeable. L'indifférence à tout ce qui n'est pas le don gracieux est divine. Il y a un remerciement physique de la pensée.

Étranges filles du Nord, capables de s'arrêter comme ça, en voyage. Elle n'a pas cherché longtemps, elle a pris le premier venu possible : moi. On échange des présences, des souffles. Pas de confidences. Pas de lendemain.

Le lendemain, justement, je l'ai raccompagnée à son grand bateau blanc et bleu, avec ses salons illuminés, ses restaurants, ses salles de gymnastique, ses ponts, ses passerelles, sa foule. À un de ces jours, on ne sait jamais, à Paris, en Norvège. Adieu, adieu.

Quelques heures après, le *Splendour* a quitté le port, tiré par ses remorqueurs. C'était la fin de l'après-midi, les passagers ont commencé à faire fonctionner leurs flashes. La ville flottante et vitrée est passée devant moi. C'est bien Diana, là, ce point rouge agitant le bras ? Il me semble.

N'écoutons rien, respirons. Embrasse-moi. Encore.

Tout va très mal et très bien. Partout, des

regards nouveaux, transversaux, rapides, dessinent une autre planète. Vivons, voyons, partons.

Je suis rentré à Paris dans la nuit. L'avion avait du retard. En traversant la cour silencieuse, en ouvrant la porte du studio, j'ai eu une sensation de grande étrangeté. Tout était en ordre, en attente, personne n'était venu, mais c'était comme si je n'avais pas bougé, comme si j'étais resté assis devant mon bureau pendant mon absence : un autre volume. Je me suis vu distinctement du dehors, penché en train d'écrire, je pouvais déchiffrer de loin, non pas les lettres ou les lignes, mais l'intention globale, la somme aérienne des mots, *A* noir, *E* blanc, *I* rouge, *U* vert, *O* bleu, voyelles. Le temps était beau, l'odeur du jardin entrait par bouffées légères par la fenêtre entrouverte.

Je suis resté longtemps debout, en remerciant intérieurement pour l'absurdité et le non-sens animal, amical, de ce geste sans mouvement. Remercier pour remercier, c'est tout. Une sorte de prière ? Peut-être. Je me suis déshabillé vite, et couché. Maintenant, je pense que je dors et qu'il continue, sous la lampe. Dans le petit hôtel particulier d'à côté, il y a une fête, musique, cris, rires, la joie, en tout cas. Il continue, il va continuer, il continuera. L'incessant

266

est avec lui, comme du haut du ciel ou depuis le plus profond du cœur, ce mystère. Finalement, tout est tranquille, autant en rester là, n'est-ce pas.

# DU MÊME AUTEUR

*Aux Éditions de La Différence*

DE KOONING, VITE

*Aux Éditions 1900*

PHOTOS LICENCIEUSES DE LA BELLE ÉPOQUE

*Aux Éditions du Seuil*

*Romans*

UNE CURIEUSE SOLITUDE (Points-romans n° 185)

LE PARC (Points-romans n° 28)

DRAME (L'Imaginaire-Gallimard n° 227)

NOMBRES

LOIS

H

PARADIS (Points-romans n° 690)

*Essais*

L'INTERMÉDIAIRE

LOGIQUES

L'ÉCRITURE ET L'EXPÉRIENCE DES LIMITES (Points n° 24)

SUR LE MATÉRIALISME

*Aux Éditions Grasset, collection Figures (1981) et aux Éditions Denoël, collection Médiations*

VISION À NEW YORK, entretiens (Folio n° 3133)

*Composition Bussière*
*et impression Bussière Camedan Imprimeries*
*à Saint-Amand (Cher), le 15 février 1999.*
*Dépôt légal : février 1999.*
*Numéro d'imprimeur : 2788-985739/1.*
ISBN 2-07-040725-X/Imprimé en France.

88599